千《せん》載《ざい》の軛《くびき》

お雇い外国人医師、アルブレヒト・フォン・ローレッツ

河田純男
KAWATA Sumio

文芸社

千載の轍　目次

1　万国博覧会　5
2　日本の地　24
3　済生館　32
4　夜桜　42
5　凄惨　58
6　仁左衛門と県令　78
7　新しき時代　101
8　紅花　124
9　静　147
10　救命　176
11　貫通　195

12　半夏《はんげ》の一輪――203
13　別離――214
おわりに　220

1　万国博覧会

突き抜けるような蒼天が広がっている。ここドナウ川中州のいわゆるプラーターにあるウィーン万国博覧会の会場は、その面積たるや二五〇万平方メートルという広大さを誇っていた。会場内ではオーストリア国旗がいたるところで五月晴れの空にたなびき、行き交うあらゆる人々が明日は今日よりも良くなるという時代の高揚感に満たされていた。

「見ろよ、アルブレヒト。すごい人出じゃないか。ウィーンには、これだけの人が居たのか」

ペーターは振り向くと、ローレッツに見たままの感慨を率直に伝えた。

「本当にそうですね。それどころか、ヨーロッパ中から人が集まったみたいだ」

ローレッツは久しぶりに賑《にぎ》わいのある場に出て、気分が幾分か高揚しているようであった。ここでは様々な衣装を纏《まと》った人々が行きかい、あらゆる言語が飛び交っていて、まるで人種の博覧会であるかのようであった。嗅覚の鋭敏なローレッツは人々とすれ違うたびに、それぞれの国に特有な香料のシャワーを浴びていた。

「二人とも子供みたいにはしゃいで、まるでどうかしてしまったみたいね」

マリアは男性二人に後れまいと息を切らしながら歩いていた。

この日、若き医師アルブレヒト・フォン・ローレッツは、母方の従兄にあたるペーター・フォン・シェーファーゲンハイムとその妹のマリアとともに、母国オーストリアにとって世紀の祭典であるウィーン万国博の会場を訪れていた。

ローレッツは昨年ウィーン大学医学部を卒業し、今春ウィーンにある州立病院に奉職していた。ところが首尾よく就職できたものの、彼は気分が塞ぎがちになっていた。それを見かねたペーターが従弟を万博に連れ出していた。といってもローレッツはその陰に何事にも指図したがる母アウグステの意図をうすうす感じていたが、他ならないペーターの誘いなので大人しく従っていた。

ペーターは五歳年長であったが、ローレッツは子供の頃から兄のように慕っており、気を許せる数少ない一人であった。ペーターは二人だけだとローレッツが気詰まりに感じるだろうと考えたらしく、歳の離れた妹マリアを伴ってきた。

ローレッツは額が広く、やや細面で神経質な青白い顔色していた。かなりの長身で豊かな顎髭《あごひげ》を蓄えていたが、痩せ気味で背中を丸めて歩いていた。一方、ペーターは仕立ての良い濃紺のスーツを着ており、貴族階級らしくゆったりと大股で歩を運ぶたびに、その身体が鋼《はがね》のように鍛えられているのが見て取れた。

「マリー、早く来いよ。すごいぞ」

目の前に迫ってきた巨大な建物を見て、ペーターが感嘆の声を上げた。マリアは近しい人にはフランス風にマリーと呼ばせていたが、ローレッツはマリー・アントワネットを思い出させるので、内心ではこの呼び名を快く思っていなかった。

「本当にすごいわね」

マリアは人混みをかき分けて二人の男性に追いつくと、三人で肩を並べながら西欧文明の精華といえる眼前の建造物を見上げた。

マリアは肩まで垂らしたプラチナブロンドの柔らかい髪を嫋《たお》やかに揺らしていた。北欧人種の血が入っているらしく、抜けるような白い肌が十八歳という年齢の初々しさを際立たせていた。流行の帽子をおしゃれに被り、細身の身体をしゃれたサーモンピンクのロングドレスで包んでいる、その容姿は群衆の中でも際立っていた。マリアはこの時代の上流婦人にしては闊達《かったつ》な性格の娘で、ともすれば些細《ささい》なことにこだわってしまうローレッツには好ましくも眩《まぶ》しい存在であった。

すでに辺りは人垣で埋められており、三人は身動きできなくなりかけていた。

何といってもウィーン万国博覧会のシンボルは、直径一〇一メートル、高さ八十四メートルのドーム、丸屋根館（ロトゥンデ）と呼ばれた工業パレスであった。三人は工業パレス前の広場に来ると、その威容にしばらく言葉を失った。建物の尖塔《せんとう》は見上げるにも首が痛くなりそうなほどそそり立ち、巨大な丸屋根には万国旗が誇らしげにはためいていた。

「こいつはなんて大きな建物なのだ。われわれは実にすばらしい時代に生きている。そう思わないか、アルブレヒト」

貴族の慎みを忘れたかのようにペーターが叫び声を上げたので、ローレッツは慌てて頷《うなず》き返した。列をなした見物客が巨大な建物に吸い込まれていく様は、内気なローレッツにも新時代の息吹を感じさせた。今や彼ら三人は、周りの数千人におよぶ群集と不思議な一体感を感じており、新時代に生を享けた自分たちには明るい未来が約束されているという期待感に酔いしれていた。

このパビリオンは最新の鉄骨構造を持ち、上部の回廊へ見物人を運ぶためにエレベーターを使用していた。三人は生まれて初めてエレベーターに乗ったが、その上昇に伴う重力の加重は全く未知の感覚であり、マリアは子供のように悲鳴を上げた。

「どうだい、アルブレヒト、マリー。話の種に日本のパビリオンを見ておかないか」

オーストリアの展示を一通り見た後、例によってペーターが提案した。この頃、ローレツは積極性を失っていて、自ら何かを提案をすることはないに等しかった。

「私は賛成よ。そうそう、日本の展示は新聞でも好意的に紹介されていたわ。ねえ、アルブレヒト、あなたはどうする？　なんだか疲れているみたいね」

マリアは少しじれったそうにローレツの横顔を覗《のぞ》き込んだ。

いつものメランコリーな気分が顔を覗かせ始めていたので、俯《うつむ》き気味になっていたローレツが取り繕うように目を瞬かせた。

「僕も……観てみたいな」

日本のパビリオンに向かう道すがら、ローレツはペーターから気にかけていたであろうことを訊《たず》ねられた。兄の意図を察したマリアは少し後れて歩き始めた。

「アルブレヒト。あんなに外科教授のビルロート先生を崇拝していたじゃないか？　なぜ教授のもとで外科医にならなかったのだ？　われわれの予想に反して州立病院に勤めるとは、正直言って驚いたよ。素人の僕には分からないことだろうけど……」

ローレッツはペーターのぶしつけな質問に母の影を感じて、一瞬こめかみを痙攣《けいれん》させたが、マリアの前で癇癪《かんしゃく》を起こすわけにも行かず、気乗りがしないものの少し間を取ってから応《こた》えた。

「大抵、そんなものですよ。同級生を見渡しても、多くが学生時代の志望とは違う道に進んでいるから……」

ローレッツがおずおずと顔色を窺《うかが》うと、ペーターは小さく頷き、それなりに納得しようとしているらしかった。


会場中央にあるイースト・ウイングに設置された日本の展示会場には、ひときわ大勢の見物人が押しかけていた。

日本パビリオンの入り口には、ヨーロッパ人からすれば色鮮やかではあるが、奇妙な配色で描かれた大提灯《ちょうちん》が天井から吊るされており、初《しょ》っ端《ぱな》から人々の度肝を抜いた。会場内は紫色の幔幕《まんまく》で囲われており、人々は今まで体験したことがない空間に迷い込んだように感じ、日本の文化が放つその異彩さに圧倒された。

「随分とエキゾチックだな」

「異次元の世界みたい」

仲の良い兄妹は、極東の島国の文物に対する驚きを率直に表していた。

「アルブレヒト。日本人はあんなに小柄なのに、どうして展示物がどれもこれも、こんなにでっかいのだ？」

独楽鼠《こまねずみ》のように動き回っている日本の職人たちは、ヨーロッパ人から見ればまるで子供のようであった。それに引き替え、会場には名古屋城の金の鯱《しゃちほこ》が据えられており、特にその大きさで圧巻なのは鎌倉大仏の頭部の実物大模型であった。

これは和紙を貼り重ねて造ったレプリカに漆《うるし》を塗ったものであった。当初、高さ十五メートルの大仏そのものを屋外に展示する予定であったが、ウィーン到着後に梱包を解き会場に展示するための設置作業中に、迂闊《うかつ》にも失火して一部を焼いてしまったために、頭部だけの展示となっていた。しかし頭部だけの展示でも、大仏は万博における話題をさらった。

ペーターが、

「見ろよ。このふっくらとした青銅色の穏やかな容貌を……、それに金色の瞳ときたら……、すばらしいという一語に尽きるね」

と語りかけると、ローレッツも、

「鎌倉の大仏はハンサムではないけど、やはり偉大ですね」

などと応じた。

われ知らずローレッツは、日頃の憂鬱な気分を忘れて日本の展示物に見入った。ローレッツは今まで自身の将来が不透明な液体で満たされているように感じていたが、全く異なる世界が現実に存在することを知って衝撃を受けた。


日本パビリオンからの出口が隘路《あいろ》になって、大勢の人々が身動きできなくなっていた。ローレッツが後ろから押されて前屈みになると、今にも泣き出しそうな小さな男の子と目が合った。その子は見たところ、四、五歳であった。ローレッツはとっさに、

「坊や、どうしたの?」

と声をかけた。その男の子は、

「パパとママンがいなくなっちゃった」

と、か細く訴えた。すぐに小さな男の子は次々と押し寄せる大人たちの人波にのみ込ま

れそうになって、「ママン、ママン」と叫び出し、今にもパニックを起こしそうであった。

ローレッツのすぐ横を歩いていたマリアが驚きの声を上げた。

「坊や、怖がらないで、大丈夫よ。一緒にパパとママンを捜しましょう。いいでしょう、アルブレヒト」

ローレッツは、よしとばかりに男の子を両手で頭上に押し上げると、四方がよく見えるように身体をゆっくりと回転させた。マリアが背伸びをしながら、男の子のお尻を支えていた。

「あ、あそこにパパとママンがいる。ママン、ママン」

男の子は必死に呼びかけた。すぐに一組の男女が男の子に気がついて手を挙げた。

若いフランス人の両親は安堵の微笑《ほほえ》みを浮かべながら、人混みをかき分けて近づいてきた。母親が両手を差し出すと、男の子は母親にしがみつき、涙声で何かを真剣に訴え続けていた。きっと死ぬほど怖かったと言いたかったのだろう。

両親がローレッツとマリアに丁寧に礼を言うと、男の子は父親に抱かれて、ローレッツのすぐ前を進んで行った。その男の子はマルセルという名であったが、父親の肩越しに覗かせたマルセルの笑顔が愛らしかった。

すぐ横にマリアが自然に寄り添っていた。辺りにペーターの姿はなく、ローレッツとマリアは睦《むつ》まじいカップルのように見えた。マリアが内気な従兄の袖を軽く引っ張ってウインクを一つした。

「アルブレヒト、意外と子供好きなのね。見直したわ」

マリアはローレッツの目をまじまじと見つめると、なぜか未来を夢見るように微笑んだ。

「あの子が迷子にならなくて、ほっとしたよ」

いつもは陰鬱な印象を与えるローレッツであったが、今はマルセルの難儀をマリアとともに助けることができた悦《よろこ》びを全身で表していた。マルセルを押し上げた時に重なったマリアの優しい手の感触が、ローレッツの手の甲に香《かぐわ》しく残った。

黄昏《たそがれ》を迎える頃、三人ともそろそろ足が棒になりそうであった。

「お兄様。お腹の虫が鳴いておりますことよ」

というマリアの冗談めかした言葉が誘い水になって、ペーターがよく使う近くのカフェ・ハウスで夕食を済ませて、それで今日の万博見学を打ち止めにすることになった。

ペーターが案内したカフェ・ハウスはかなり高級な部類に属しており、兄妹はここへよく立ち寄るらしく、マリアは先頭に立って壁面に大理石を張り巡らせた店内に入った。以前はカフェ・ハウスに女性が入ることはなかったが、最近では女性客も徐々に増えており、女性向けの飲み物なども用意されていた。

粋な制服を着た給仕たちが、きびきびと立ち働くなかを、支配人が三人を中央にあるテーブルまで案内した。没落貴族のしかも寡婦の一家に育ったローレッツには、まず来る機会のない店であった。

ローレッツはこの日初めて知ったことであったが、ペーターは領地の一部を処分し、それで得た資金を元手にして株式投資に手を出していた。世間の投資熱と万国博の開催による好景気で、今やペーターは相当の資産を形成しているようであった。

「ペーター。今日は誘ってくれて本当にありがとう。マリア、いや、マリー。君も来てくれて楽しかったよ」

ローレッツは、万博に誘い出し、自分を支えてくれる人たちがいることに気づかせてくれたペーターに、心の底から感謝していた。ペーターは肩をすくめてお安い御用というように微笑み、マリアは作法どおりに答礼した。

立派なカイゼル髭をたくわえた給仕長が料理の注文を聞き終わり、ソムリエから大ぶりのグラスにマリアのお気に入りというコルトン・シャルルマーニュが注がれると、ペーター は優雅な仕草でグラスを持ち上げた。

「アルブレヒト。州立病院への奉職おめでとう。それじゃ、乾杯しようか」

三人はそれぞれの想いを込めて口々に「乾杯！」と唱えた。ローレッツと一瞬目が合うと、マリアはぽっと頬を染めた。

「アルブレヒトが本当に医者になるとはなあ。子供の頃、君は体も弱かったし、どちらかというと臆病な方だったからな」

ペーターは内気な従弟を見つめながら、

「これで亡くなった叔父さんもさぞかし……」

と言いかけたが、マリアはローレッツの気持ちを察して、

「アルブレヒトは感受性が豊かなのよ。お兄様と違って……」

と話を混ぜっ返した。

ローレッツの父親は軍医であったが、若い頃に病没していた。そのためギムナジウム入学以来、ペーターら母方の一族からの援助は多大なものがあった。

「とにかく皆さんのおかげですよ」

「何といっても、君が努力したことが一番だけどね。でもアウグステ叔母さんは、結構、苦労したかもしれないね」

とペーターが言うと、ローレッツの表情が幾分翳《かげ》った。

「叔母さんは二言目にはアルブレヒト、アルブレヒトだったからね。叔父さんが早く亡くなってしまったから、君が医師になって跡を継いでくれることが、唯一の生きがいのようだった」

口には出さなかったが、ローレッツには幼少の頃、夜尿症の傾向があった。母アウグステが気を揉《も》んだのは分かるが、ローレッツにとって真っ白なシーツに出来た子供のお尻大の染みのイメージはトラウマになっていた。

「受け止める方も大変なエネルギーが要りましたよ、本当に……」

「だけどここまでくれば、君には何事も恐れずに、わが道を行ってほしいものだね。そのうちウィーンを一時離れるのもいいかもしれないな」

ペーターは自分のことを分かってくれているのだ。ローレッツはまじまじとペーターを見つめると大きく頷いた。

ワインの色が赤に変わり、ペーターは頬をうっすらとピンク色に染めて、その弁舌は佳境に入っていた。カフェ内はほとんどのテーブルが客で埋められており、ざわめきは異様に熱を放ち、クリスマスでもないのにあちらこちらでシャンパンを開ける乾いた音が響いていた。

「アルブレヒト。君も知っているだろう？　今や自由主義経済とやらで、市民階級のいわゆるブルジョワジーたちがこのウィーンでも伸《の》してきているからね。われわれも変わらないと、きっと取り残されてしまう」

初めて聞く話であったが、ウィーンではすごい変化が起きているのを知ったローレッツは、自らの世間知のなさに半ばあきれざるをえなかった。

ワインと高揚感に酔いしれるうちに、ペーターがふと漏らしたところでは、ごく最近、ペーターはすべての領地を抵当に入れ多額の借金をして、さらに投資額を増やしている様子だった。ペーターが熱に浮かされたような目つきをしているのを見て、ローレッツは何か嫌な予感がした。

ローレッツがペーター兄妹と万博見物に出かけた二日後の五月九日に、外国から人量の株売却が起こり、株価は歴史的な暴落を記録した。その日は後に「ブラック・フライデー」と呼ばれるようになったが、ウィーン証券取引所の混乱はまさに狂気の沙汰となった。

ペーターが投資グループの若い貴族から連絡を受けて証券取引所に駆けつけた時には、すべてが終わっていた。取引所ホールでいつ果てるとも知れず打ち鳴らされる破産宣告のベルの音は、全財産を失ったペーターには葬送の鐘のように聞こえたかもしれない。

狂乱が渦巻く証券取引所は、ついに警察によって閉鎖されることになった。この日、ペーターが取引所から悄然《しょうぜん》として立ち去る姿がローレッツの級友により目撃されていた。


翌日の夕方、先祖伝来の所領にある別荘の書斎で、ペーターの遺骸が使用人により発見された。数日後、訃報を伝え聞いたローレッツが駆けつけたときは、すでに家族だけの密葬が終わっていた。

別荘の前には、数人の人相が良くない男たちが屯《たむろ》して、ペーターの別荘を眺めながら煙草《たばこ》を吸っていた。彼らは沈鬱な表情をしたローレッツが別荘に入るのを胡散《うさん》臭そうに見つめていた。

年老いた家令ウォルフガンクが独り後始末のために居残っていた。

「アルブレヒト様、大変なことになりました」

ウォルフガンクは緊張の糸が切れたように肩を落としたが、すぐに気を取り直して、ローレッツをペーターの書斎に案内した。

室内の壁面には颯爽《さっそう》と愛馬に跨《また》がったペーターの絵が飾られ、棚には多くのトロフィーが並んでいて、ローレッツにはいつに変わらぬ見慣れた書斎の風景であった。ソファには乗馬服が無造作に脱ぎ捨てられ、テーブルに置かれた愛用のグラスには飲みかけのウイスキーが残っており、ローレッツにはいまだにペーターがそこにいるかのように感じられた。

ウォルフガンクが無言で指さした先に目をやったローレッツは、思わず息をのんだ。書斎机の椅子にはべっとりと血糊《ちのり》が張り付いており、その奥にある書棚のガラス戸に大量の血液が飛び散っていた。ペーターは猟銃で下顎から後頭部を打ち抜いて自殺したのだ。

「なんてことを……ペーター。ついこの間のあなたからは想像すらできない。神様……」

ローレッツはあまりの衝撃に床に崩れ落ちたが、その直後に恐ろしいほどの動悸と吐き気に襲われた。しばらくその場でじっとしていたが、堪えきれずに勢いよく嘔吐した。その後に激しい頭痛に襲われ、意識が朦朧《もうろう》となった。

どれほどの時間が経ったか分からなかったが、ローレッツはウォルフガンクが差し出すティーカップを受け取ると、夢遊病者のように立ち上がった。その時、机の上に几帳面に置かれたウィーン万国博覧会のチケットが目に入った。

「ペーターはこのチケットを見ながら……、命を絶ったのだ」

ローレッツは居たたまれず書斎を出た。

居間で薫り高いお茶を飲んで人心地がついたローレッツは、ずっと気にかかっていたことを尋ねた。

「ところでウォルフガンク、伯母様とマリアは今どうしているのだ？」

「全く行方が知れません。私はアルブレヒト様がご存じではないかと期待しておりましたのですが……」

顔を曇らせたウォルフガンクは、髪の毛も眉も髭までも真っ白になっていた。ローレッツは伯母とマリアに二度と会うことができないのではないかという悪い予感に慄《おのの》いた。

別荘を去る際に、ローレッツが前に屯している男たちについてウォルフガンクに質《ただ》すと、彼らは別荘を競売にかけるために値踏みをしているとのことであった。

別荘を出ると、ローレッツは子供の頃、ペーターやマリアと一緒に馬で走り回った丘にゆっくりと登った。ペーターは無論であったが、マリアも乗馬を好んだ。ペーターが不在の時は、アリアと二人でいつまでも乗馬に打ち興じていた。……

「ねえ、見て、見て、アルブレヒト。兄が別荘に帰ってきたわよ」

マリアが麓の別荘に手を振りながら、

「ペーター、ここよ。早く登ってきて」と叫んだ。

……ローレッツは、あの時のマリアの歓声が、今も辺りに漂っているかのような錯覚を覚えていた。

その丘の頂にペーターの質素な墓標があった。あまりにペーターに似つかわしくない墓標にローレッツは息をのんだ。溢《あふ》れる涙が粗末なその外見を遮ってくれた。

ペーターの墓の前で、ローレッツは日が暮れるまで独りで佇《たたず》んでいた。

ペーターは彼の祖父が建てた木造の瀟洒《しょうしゃ》な別荘をことのほか気に入っていて、春から秋にかけてほとんどの日々をここで過ごしていた。丘から見下ろすと、青々とした樹木に囲まれた別荘の屋根に風見鶏が虚《むな》しく回っていた。

「ペーター。マリア……」

ローレッツの傷つきやすい心は喪失という鋭い錐《きり》で苛《さいな》まれ、慟哭《どうこく》はそうすれば取り戻せるものがあるかのように果てしなく続いた。

2　日本の地

ローレッツは明治七年にオーストリア公使館付き医師として来日した。

この頃、在日オーストリア公使館は築地の居留地にあった。公使館は小所帯であり、公使館付き医師として格別の仕事があるわけではなかったので、ローレッツは母国とは全く異なる日本の文化を楽しんだ。

ローレッツにとって、春の花見に、神田祭、夏の両国の花火、初冬の酉《とり》の市、どれもその個性で際立っていた。

もちろんローレッツはウィーン万博でレプリカを見た鎌倉の大仏を訪れ、そのただならない重厚感に今更ながら偉大さを感じた。一方では、一度、お雇い外国人たちと芸妓の舞踊を観に出かけたが、音曲が喧《やかま》しいだけで興ざめした。

ローレッツが来日した頃、各国の大公使館は多くが旧大名屋敷に置かれていたが、その広壮な庭はそれぞれ趣向が凝らされており、外交官たちには概ね好評であった。ところがローレッツが驚かされたのは、ウィーン万博の展示物が大きかったのに比べ、庶民の住居が何とも小さかったことである。

もともと地理学に興味のあったローレッツは、来日の翌年には友人のドイツ人医師、ライントとともに西日本を旅した。

桜の季節が終わり、四国高知の山並みは新緑に覆われていた。その濃い緑の葉をつけた木々の先端部には、萌葱《もえぎ》色の若い葉が芽吹いていた。宿の生け垣は勢いを増し、日本が原産地である紫陽花《あじさい》と分かる花をつけ始めていた。

朝からローレッツは心が晴れず自室に留まっていた。こぬか雨が降る日であった。

大地が新しい生命力に満たされるこの季節には、ローレッツは自らの存在が崩れそうな不安に襲われるのが常であった。ギムナジウムに通っている頃から、この季節が早く終わってほしいと切実に願ってきた。世界に溢れる生命のエネルギーで身体が貫き通されるように感じるのだ。秋から冬にかけてシベリア生まれの空気が冷たく漲《みなぎ》り始め、日照時間が短くなる時期が、ローレッツにとってこの世の真実めいていて好ましかった。

ローレッツはできることなら外光を遮蔽した部屋で、毛布を頭からかぶってやり過ごしたかった。何とか寝床から這い出ると、陰鬱な気分を払おうと身支度を始めた。髭を剃りながら、ローレッツはウィーンから持参した小さな鏡に映る寝不足の弛《たる》んだ自らの顔に話しかけた。

「厄介なことに巻き込まれるのは、毎年、この時候だ……」

この日、ライントと昼食を摂るために、最近出来たばかりの西洋料理を食べさせる店に人力車を連ねて出かけることになっていた。海から吹く風がさらに湿気を運んできたおかげで、誰にとっても不快な日であった。室内にはかすかなカビの臭いが漂っていた。ローレッツは朝から気分が塞いでいたので外へ出るのが億劫《おっくう》であったが、ライントの誘いを断れずにいる自身の優柔不断さを呪いながら宿を出た。

ライントはとにかく陽気な大男であった。ただでさえ相手をするのに疲れるライントと、よりによって長旅に出かけたことを後悔する気持ちが、ローレッツの憂鬱な気分を倍加させていた。

「やあやあ、アルブレヒト殿下のお出ましだ」

寒冷地出身のライントは傘もささず暖かい雨を楽しんでいた。すでに宿屋の正面には通訳が三台の人力車を用意していた。

人力車は狭いでこぼこ道をかなりのスピードで走っていたので、最初からローレッツは吐き気に襲われていた。おまけに幌《ほろ》の隙間から吹き込んだ雨が、横浜で新調したばかりのズボンを濡らしていた。ローレッツは、「ゆっくり走れ」と怒鳴ったが、車夫にドイツ語が通じるはずはなかった。

車夫が乱暴に水溜まりに車を突っ込んだので、撥《は》ね飛ばされた泥が磨いたばかりの靴を汚した。ローレッツは荒くれ男の車夫に唾を吐きかけられたように感じた。嫌悪感が募り、底知れぬ怒りが沸々と湧き上がって出口を求めていた。

三台の人力車は泥まみれになって件《くだん》の西洋料理店に着いた。気持ちの上で追い詰められたローレッツがほっとする間もなく、上半身まで泥を撥ね上げてドブネズミのようにびしょ濡れの車夫たちが、二人の外国人客に法外な値段を吹っかけてきた。

通訳が車賃を値切ったところ、年かさと思しき車夫はこれを認めず、横柄な態度でローレッツに支払いを要求して詰め寄った。それでも要求に応じない客に業を煮やして、ローレッツを乗せた若い車夫が大声を出しながら拳を振り上げてきた。

この時、予期しない事件が起きた。言葉が通じないこともあったが、ローレッツは激昂《げっこう》し、その若い車夫の襟首をつかみ、こうもり傘で顔面を殴打した。さらに打ち続けようとしたところを、ラインとが後ろからローレッツを羽交締めにした。ライントが止めに入らなければ大事になっていたかもしれなかった。

ようやくのことでローレッツを押しとどめたライントは、通訳に命じて車夫が要求する額を支払って事を収めた。金を乱暴に受け取ると、車夫たちは礼も言わずに悪態をつきながら走り去った。


ローレッツの落ち込みようは尋常ではなかった。ほとんど飲み食いをせず、ただ黙って座っていた。

「アルブレヒト、ここの料理、結構いけるぞ。君は少しも手をつけていないじゃないか。さっきの一件を気にしているのか？　だったら、あいつらの要求通りに金を払ってやったんだから、もう済んだことさ。さっさと忘れろよ」

ライントはあくまで陽気に言った。地方の西洋料理店といっても、テーブルには白いクロスが掛けられ、サラダとパン、ポタージュスープ、それにビーフシチューが並べられていた。ライントはすでにそれらのほとんどを平らげていた。

「いや、まだ厄介なことが起こるような気がしてならない」

ローレッツが完全に食欲をなくしているのが分かると、ライントはローレッツのビーフシチューを手元に引き寄せにかかった。

「君はそもそもオーストリア・ハンガリー帝国の貴族ではないか。この世に恐れるものなどありはしないだろう」

ライントはどうでもローレッツの気分を引き立てるつもりらしい。

ローレッツは無言で不安そうに首を横に振った。ライントはため息交じりで言った。

「君は、まさか恐れを身に纏って、生まれてきたわけではあるまいが……」

ますます意気消沈したローレッツにあきれ顔を向けると、ライントは東京から持ってきたジョッキで、これも東京から抱えてきたビールを豪快に飲み干した。

窓の外では、水溜まりに落ちたローレッツのパナマ帽が雨に打たれて萎《しお》れていた。


この高知での傷害事件後、ローレッツはオーストリアの駐清国全権大使であった伯父を頼って上海に身を隠した。

このことは車夫らを支援する人たちを刺激した。新思潮の民権に目覚めた人々は、司法に訴えることを車夫らに提案し、実際に訴訟に踏み切った。そのために新聞にも派手に報道され、車夫らを擁護しようとする世論を盛り上げる結果になった。

一歩対応を誤れば、外交問題に発展するところまでいったが、幸い東京にあるオーストリア公使館と日本の外務省の話し合いで示談が成立し、この事件は何とか落着した。とはいえこの事件はローレッツの心に大きな疵《きず》を残した。

ローレッツは、程なくして上海から戻ったが、さりとてすぐにオーストリアに帰国するわけにもいかなかった。そのような折に裁判沙汰で奔走してくれたシェファー公使が、塞ぎ込むローレッツに慈父のような言葉をかけてくれた。

「アルブレヒト、逃げるのはたやすい。だが後悔しているなら、この国の人々に尽くしてみてはどうか。分かっているだろうが、この国の衛生状態はかなり悪い。幸いなことに君は医者だ。その技術を生かそう」

ローレッツは横浜の居留地で診療を始めることにした。当初、患者は外国人ばかりで地元民には敬遠されていたが、徐々にその高い診療技術が地域の人々にも信頼されるようになっていった。

この地域住民に向けた診療はローレッツに心境の変化をもたらした。自己のもつ最新の医療技術が住民に必要とされていることを知ると、開院時は奉仕活動として始めた診療であったが、ローレッツはやがて日本で医師としてやっていく気持ちになっていった。

ローレッツは愛知公立医学校に教員として招聘《しょうへい》され、そこで数年を過ごした。その後、金沢医学校に移ったが、ここには二か月在職しただけで、三島県令の格別な招きにより山形県の済生館医学寮に移った。

3　済生館

東北地方の春は遅く気紛れである。三月だというのに雪が散らついていた。木々は先端の細い枝まで純白の衣を纏い、沿道の両側には泥と混じり合った人の背丈ほどある雪の壁が続いていた。

そのなかを馬で行く、東北地方で唯一の西洋式医学校で教頭を務めるアルブレヒト・フォン・ローレッツの姿があった。ともに群を抜く体格の人馬は、街道に積もった雪を蹄《ひづめ》で踏みしめる音を小気味良く響かせながら、済生館医学寮に向かっていた。

このお雇い外国人医師は、豊かな髭をたくわえ、軍用マントを羽織り、銀色に輝く拍車の付いたブーツを履き、貴族階級の出身らしく悠然と騎乗していた。ローレッツの額には三十歳になったばかりという年齢に似つかわしくない皺《しわ》が深く刻まれ、時折こめかみが細かく痙攣していた。その唇は寒さのせいで紫色に腫れており、口元は気難しそうに強く結ばれていた。

ローレッツは、道の両側に並ぶ県庁や裁判所など新築されたばかりの西洋建築の屋根に積もった雪を見やりながら、「こう寒いとやりきれない」と呟《つぶや》いて身震いをした。頭をもたげ始めたいつもの不安を振り払うかのように、この堂々たる体躯の外科医は馬に軽く鞭《むち》をくれた。さらに威厳を保とうとするかのように、背筋を伸ばし咳払いを一つして前方を凝視した。オーストリアの貴族であるという誇りが、不安に沈み込みそうになるローレッツを内側から支えていた。

街を行く人々は歩みを止めて、髭面で碧眼《へきがん》の大男を珍しそうに見上げていた。頭髪を散《ざん》切《ぎ》りにした書生風の男が、ローレッツを無遠慮に指差して大声を張り上げた。

「なんとまあ、毛唐だあ。でけえ図体だべ」

仲間の男たちも興味本位に囃《はや》したてたが、吐く息が白く凍りそうであった。

「おお、今くしゃみをしたぞ。毛唐もくしゃみをするだか」

「見ろ、鼻水を垂らしているぞ。鼻の頭が真っ赤だ」

寒さで紅潮したローレッツの顔は、街の人たちにはさしずめ絵草子にある赤鬼のようであった。通りを行く婦人たちは彼を見まいとして、寒さで青白くなった顔を伏せ、わら沓《ぐつ》に泥を撥ね上げながら足早に行き過ぎていった。

この地方の人々にとって、西洋人はまだきわめて珍しかった。彼らは好奇心が旺盛なのか、ローレッツが赴任した当初は、朝な夕なに垣根越しに宿舎を覗き込んだりしていた。さすがに近頃は見慣れて興味を失ったのか、覗き見をする者はほとんどいなくなっていたが、それでも郊外に紅葉狩りに出かけたとか、雪が降ったのでスキーをしたとか、ローレッツの行動は悉《ことごと》く話題になった。これらの住民の興味本位な干渉は、内向的な性格のローレッツにとって気詰まりで迷惑なことであった。

またもや雪がしんしんと降り出した。ローレッツがもうたくさんだというように肩をすくめた時、行く手に雪で白く縁どられた三層楼が見えてきた。

この建物は一階の前半部が八角形で後半部が十四角形であり、さらに二階が十六角形、三階が八角形というユニークな構造を持っていた。早朝から大勢の患者が押しかけているはずであった。ローレッツは顎を引き背筋を伸ばした。

「今日も鬱陶しい一日になりそうだ」

ローレッツは馬の横腹を蹴って歩みを急がせた。

ローレッツは済生館に着くと、馬からゆっくりと下り、手綱を馬丁に手渡した。朝の役目を終えた馬は熱い息を凍えた大気に勢いよく撒き散らした。初老の馬丁は綿入りの分厚い半纏を着込んでいたが、下半身は股引掛けであった。胡麻塩頭に手拭いを巻きつけ、この世の泥水を散々にすすってきたような浮腫《むく》んだ紫色の顔をしていた。昨夜も博打《ばくち》ですってしまったらしい馬丁の吐き出す白い息が、いかにも寒そうであった。間の悪いことに、厩《うまや》の近くで馬丁が馬を引きながら無遠慮に手鼻をかんでいるのを見てしまい、ローレッツは露骨に顔をしかめた。

玄関で館医兼通訳の一人である朝山義六《あさやまぎろく》が待ち構えていた。朝山の後ろには雑役夫の安造が恭《うやうや》しく控えていた。

「ローレッツ先生、おはようございます。今朝は一段と冷えますね」

吹きつける雪交じりの風に頬を紅く染めながら、朝山はローレッツの身を気遣うように声をかけてきた。朝山は中肉中背で丸い縁の眼鏡をかけ、面長な顔に細めの口髭が似合っていた。

「おはよう、朝山君。毎朝、ご苦労だね」

朝山にとってローレッツは上司であるだけでなく恩師でもあったが、病弱で休みがちな教頭が急に休診ということになると、その穴埋めに忙殺されるのが常であったから、毎朝ローレッツが出勤したことを確かめるまでは、朝山は落ち着いて自身の仕事をすることができないらしい。

「三月だというのに……これだからな」

ローレッツは気分が滅入って困るというように嘆息しながら、済生館の玄関に入った。

その玄関正面には、太政大臣三条実美《さねとみ》が揮毫《きごう》した「済生館」の書が掲げられていた。玄関の先には吹き抜けのホールがあり、続いて中庭に面して二つの大部屋と六つの小部屋が並び、それらの部屋は互いに回廊でつながっていた。二階から三階に上がるために、この町では初めての螺旋《らせん》階段が設けられていた。しかも新しい時代を象徴するかのように、病院の玄関および二階と三階のバルコニーに面してステンドグラスが使用されていた。

ローレッツはホールの天井を見上げた。天窓越しに氷柱が見え、その向こうに鉛色の空が広がっていた。春の気配が見えだした途端にこの雪であった。ローレッツは鬱陶しいウィーンの冬空が大嫌いで、それもあって海外に出たつもりであったが、よりによって雪国に来てしまったことを後悔していた。

ローレッツから厚手のマントを両手で受け取った朝山は丁寧に雪を払い落とすと、安造にマントを渡しながら努めて明るい声を出した。

「先生、早朝から大勢の患者が詰めかけています。今日も忙しくなりそうですよ」

誰もがこの数日続く悪天候にうんざりとしていたので、朝山の言葉はそらぞらしく響き、覇気のない表情をした紅毛碧眼の医師も、分かっているというように頷くだけであった。

ホールを抜ける時、ローレッツは普段は見ないようにしている医聖ヒポクラテスの肖像画と目が合ってしまった。欧米ではどこの病院でも医療倫理の象徴として、ギリシャの医聖ヒポクラテスの肖像画か銅像が飾られていた。彼にとって、オーストリアの病院で見慣れた医聖は、真理を見通す強靭《きょうじん》な意思の底に思いやりの光を湛《たた》えていた。

ところがここの医聖ときたら、相手を厳しく見据えてきた。ローレッツはこんな人のあら捜しをするような目を持った医聖像があるだろうかと常々謎めいたものを感じていた。この医聖と目が合うと一日中気分が重く、今朝もローレッツはまるで「悔い改めよ」と懺悔《ざんげ》を迫られたかのように教頭室への階段を重い足取りで上っていった。

診察用のスーツに着替えたローレッツが一階の診察室に下りてきた。この時代は欧米の医師はスーツやフロックコート姿で患者の診察や手術さえも行っていた。一方、朝山と丸山、佐々木の館医たちは同じ白衣を身に着けており、横一列に整列すると威儀を正して教頭を迎えた。

朝山たちの後ろには十数人の医学生が二列に並んで、ローレッツの臨床実習が始まるのを待っていた。医学生には十代前半で少年としか見えない者から世帯やつれした中年男までおり、服装も各人各様で師範学校の制服を着た者から羽織袴《はかま》姿までいた。彼らは一様に緊張しながらも、西洋の新しい医術を学ぶ現場に居合わせた喜びに顔を輝かせていた。

朝山が号令をかけると、医学生らは直立不動の姿勢をとり、一斉にローレッツに向かって深々と礼をした。ローレッツは悠然と教員、医学生を眺めて、満足げに、

「グーテン・モルゲン」

と挨拶を返した。ローレッツの外見には自然に身についた侵し難い威厳があり、長年の思索がつくり出したのであろう額の皺は、近寄り難い知性を感じさせていた。

一方では感情の高ぶりからいつ姿を現すかもしれない教頭の怒りに備えて、朝山たち教員は警戒心を常に絶やさないでいた。そうはいっても今朝はともかくローレッツの濃い褐色の毛髪がきれいに撫《な》でつけられていたので、その危険性は少ないかもしれなかった。

診察室ではストーブが真っ赤になるほど薪《まき》が焚《た》かれていたが、廊下からは寒気が容赦なく入ってきていた。窓ガラスの結露が外界の陰鬱な風景から視界を遮ってくれていたので、ローレッツはようやく診察する気になった。

廊下では、着膨れた患者がすし詰め状態でベンチに腰掛けていた。ベンチから溢れた患者は立ったまま列をつくって座席が空くのを辛抱強く待っていた。一見して眼病や皮膚病を患う者が多く、若くして視力を奪われる者も少なくなかった。

時折、廊下にはローレッツが話すドイツ語がかすかに聞こえていたが、私語を交わす者はなく、事務員が行き交う以外は静まり返っていた。早朝から夕刻近くまでじっと診察を待つ者もあった。

椅子に座ったことがない老婆が床に筵《むしろ》を敷いて正座して待っていた。顔の痘痕《あばた》を手拭いで覆った老婆は、重大な判決に臨む咎人《とがにん》のように身構えていた。済生館の評判を聞きつけた家人によって大八車に乗せられ、ここへ連れてこられたのだ。西洋人は夜ごとに人の生き血をすすると言い聞かされて育った老婆には、西洋医学への憧憬とは別に恐怖心が同居していた。

早朝から筵を敷いて座っていた老婆が、両脇を抱えられながら診察室に入ってきた。痘痕のある顔は痛みで引きつっていた。息子らしい中年男によると、右の乳房に赤く腫れた大きな固いしこりがあるということであった。

「おばあさん、ひどく痛むのかね？　とりあえず診てみよう」

ローレッツは患者に質問しながら、胸を開けるよう手真似で指示した。

「痛みか？　そんなでもねえ。それに胸を見せるなど、とんでもねえ」

老婆はかぶりを振って両手で襟元を押さえた。

「ばっちゃん。えれー先生なんだから、よく診てもらわねばなんね」

見かねた朝山はローレッツが癇癪を起こす前に何とか診察を始めようと、途方に暮れる息子を促して無理やり母親の胸を開けさせた。

医学生たちは、その腫瘤《しゅりゅう》の大きさと石榴《ざくろ》が弾けたような深い潰瘍に目が釘づけになった。誰の目にも痛くないはずがないのは明らかであった。洗いざらした襦袢《じゅばん》に膿《うみ》が混じった血液がべっとりとはりついていた。

「どうして、ここまで放っておいたのかね」

ローレッツの血色の良い顔が曇って、声が心なしか湿り気を帯びていた。明らかに末期の乳がんだった。患者本人が隠しとおしてきたのだから、憐《あわ》れな息子には答えようがなかった。

その痛ましい病状を前にして、ローレッツも慰めの言葉を思いつかず、すでに打つ手がないことをうなだれる息子に説明するしかなかった。その場の誰もの顔には、これから老婆が迎えるだろう凄惨な死へのやるせない心の疼《うず》きが表れていた。

　相変わらず隙間風が診察室に吹き込んできた。見るのも痛々しい老婆がよろめきながら診察室を出ると、医学生たちはしばらく放心したように虚脱感に身を任せていた。ローレツも顔から赤みが消えて押し黙っており、気分が塞いでいるようであった。

　その時、ストーブの薪がパチッと弾けた。気鬱を振り払うようにローレツは椅子に座り直して、乳がんの外科手術について講義を始めた。

4　夜桜

ローレッツが県からあてがわれている宿舎は、かつて山形藩の藩校であった経誼館《きょうぎかん》の敷地内にあった。宿舎は泰安寺の庫裡《くり》を改築して一層の木造洋館としたもので、玄関前には手すりの付いたベランダがあった。大きな窓にはガラスが入れられていたが、住居にガラスを用いているのはまだ珍しく、これもローレッツの待遇が破格であることを物語っていた。

暖かく静かな夜であった。かつての庫裡の板張りを生かした宿舎の広い部屋に絨毯《じゅうたん》が敷かれ、その上にローレッツが母国オーストリアから持参した机が置かれていた。ローレッツはその机に向かい、翌日の臨床講義の準備に余念がなかった。

そこへ夜半にもかかわらず尋常ではない調子で玄関ドアを叩く者があった。しばらくそのままにしておいたが諦める気配がないので、ローレッツが「今行く」と返事をしておもむろにドアを開けると、夜風に乗って桜の花びらがはらはらと舞い込んだ。

目の前に、朝山が緊張した面持ちで手紙を携えて立っていた。

「ローレッツ先生、夜分遅くに申し訳ありません。特別の急患です。病舎までご足労願います」

ローレッツは、一瞬、気後れしたような表情を浮かべた。先日、旧藩主である水野家へ往診をした際に、不本意な顚末《てんまつ》になってしまったことを思い出したからだ。ローレッツは不覚にも患児の母親に対して癇癪を起こしてしまい、危うく往診が台無しになるところであった。

朝山は火急の往診を要請した県令からの手紙をローレッツに見せた。さすがにローレッツも県令からの要請を無視するわけにはいかなかった。

「患者の病状はどうかね。重篤なのか」

そこには身についた臨床家の佇まいがあった。

「夜桜見物で吐血して、済生館に運ばれた患者です。意識は清明です」

朝山は県令三島通庸《みちつね》からの往診を促す文面を指で示しながら、ローレッツに一文一文を丁寧に翻訳して聞かせた。

「まさか酒の飲み過ぎではあるまい。とにかく春先には吐血が多いからね」

ローレッツは状況を理解できたようで、労《ねぎら》うように朝山に話しかけた。

ローレッツがふと朝山の背後に目をやると、長年の下積み生活で己の気配を感じさせない術《すべ》を身につけた雑役夫の安造が、大きな提灯を提げ着物の裾を尻からげにして神妙に控えていた。

ローレッツは一斉に咲き始めた庭の花々を朝夕に見て、以前よりも気分が軽くなっているようで、体調も悪くなさそうであった。医学寮との契約では時間外の診療はしないことになっていたが、

「他ならぬ県令閣下の頼みでは、断るわけにはいくまい」

と言いながら、ローレッツは身支度を始めた。フロックコートを着込み、山高帽をかぶると、往診用の黒い革鞄を持って玄関に戻り、早々に靴を履いた。下腹に力を入れて立ち上がりながら、ローレッツには期するものがあるらしく、

「水野家の往診のような醜態を二度と曝《さら》すまい」と呟いた。

朝山が闇に向かって、「それじゃ、頼んだぞ」と呼ばわった。桜木のある庭は全くの闇に包まれていたが、その闇の中から夜目にも立派な拵《こしら》えの人力車が現れた。人力車の幌に桜の花びらが積もっていた。

ローレッツは手慣れたように人力車に乗った。車夫が幌をかけようとしたが、夜間は早く

就寝し、誘われても花街に飲みに出かけることがなかったローレッツは、「暖かいし、たまには夜の町を見てみたい」と、それを断った。

門の前には、患家の家紋が入った提灯を掲げた屈強な男衆二人が待ち構えていた。二台の人力車が門内から現れると、男衆はその数歩先の道を照らしながら一斉に走り出した。車夫も先導の男衆も自分たちの役目を心得ていて終始無言であった。

夜風が少し冷たかったが、急患の診察に向かっているという臨床家としての高揚感で体が火照《ほて》っていたので、ローレッツにはそれがむしろ心地よかった。昼間と違う表情を持った夜の街はまるで別世界のように見え、夜間に外出をほとんどしないローレッツの好奇心を刺激した。

夜半だというのに、沿道には夜桜見物から家路についている男女が、酒壺や風呂敷に包んだ重箱などをぶら下げながらそぞろ歩いていた。民家から漏れてくる行灯《あんどん》の光で仄《ほの》明るい場所もあったが、夜が更けるにつれて、闇に包まれた市街には桜木の精気がより濃厚に漂っていて、一層艶《なま》めいていた。

ふいにその行列の中から歓声が上がった。若い男女が酔いにまかせて卑猥《ひわい》な冗談を言い合っているらしかった。桜の花は媚薬《びやく》めいたものを発散しているのかもしれなかったが、その中の一組の男女がすっと生け垣の陰に消えるのが見えた。若い嬌声《きょうせい》が追いかけてくるのを尻目に、ローレッツと朝山を乗せた二台の人力車は済生館へ向けてひたひたと近づいて行った。

前方にユニークな構造をもつ済生館が見えてきた。闇夜に浮かぶ西洋式三層楼は美しく、ある意味で神々しかった。

館内ではガス灯が煌々《こうこう》と輝いており、二人の守衛が玄関の左右に整然として立ち、ローレッツに向かって恭しく敬礼した。普段ならこの時間帯であれば静まり返っている館内が、多くの人の気配で満たされていた。

経験豊かな医師にとっても急患の診察に向かう際には緊張感が漲るものであるが、この夜はそれに加えて、ローレッツの横顔にはこのような待遇を受ける患者は一体何者なのかという、ある種の好奇心が浮かんでいた。

ホールに飾られた医聖ヒポクラテスの肖像画が威厳をもってローレッツを迎えたが、いつものように医聖と目を合わさずに通り抜けると、診察室がすぐ目の前に迫っていた。

「この国に来て、これから何が起こるのか、期待する気持ちになったのは久しぶりだ」

ローレッツはすぐ後ろを歩く朝山に囁《ささや》いた。

ローレッツと朝山が廊下を慌ただしく通り抜けて診察室に入ると、初老の男性が診察台に仰向けに横たわっていた。患者は頭髪の大半が白く細面の整った顔立ちをしており、細身のすらりとした体に上物の紋服を纏っていた。切れ長の眼は鋭い光をたたえ、高く突き出た鼻梁と一文字に結んだ口が意志の強靭さを示していた。しかし、もともと色白ではあったようだが、顔色は血の気を失い青ざめて精彩がなかった。

その周りを、夫人、嫡男、その家の番頭と思しき人々が不安げに取り囲んでいた。高価な着物に身をつつんだ中年の夫人は、衣装に不釣り合いなほど憔悴《しょうすい》していた。きれいに結い上げられていただろう髷《まげ》は元結いが緩んで崩れかけていた。患者に体格がよく似た青年は、むしろ崩れかけたガラス細工のような母親に気を取られているようであった。

すでに館医の丸山道彦が駆けつけていて急患の脈を取っていた。丸山はローレッツを見ると敬意を込めて黙礼し、患者の容態をドイツ語でてきぱきと説明し始めた。患者とその家族は初めて耳にするドイツ語に戸惑っているようであった。

「堂本仁左衛門殿、年齢は五十歳です。夜桜見物中に吐血しています。吐血の量はせいぜい二〇〇ccのようです。吐物は鮮血ではなく、黒っぽかったと本人が申しております。腹痛はないとのことです。脈拍は一分間に九十で、脈の緊張は良好です」

ローレッツは威厳を込めて頷くと、緊急に処置を施す必要はないと判断し、静謐《せいひつ》を纏って診察台に横たわる患者に吐血した時の状況を訊ねた。

仁左衛門はゆっくりと息を吐き出すと、今夜、自身に何が起こったのかを語り出した。


毎年恒例のことであったが、村山地方の地主である仁左衛門が、その一族郎党・二十数人を引き連れて夜桜を見物していた。大きな緋毛氈《ひもうせん》を敷き詰め、その周りに赤々と篝火《かがりび》を焚き、そこだけは昼間のような明るさであった。老舗の料亭が設えた会津塗の五段の重箱がいくつも並べられ、朱塗りの酒樽が毛氈の隅に据えられていた。

ゆえあって今年の宴《うたげ》をより華やかにし、髪をきれいに結い上げた芸者衆が酒を注ぎながら蝶のように優雅に席を巡っていた。ところが宴の主、仁左衛門は緋毛氈の中央に陣取っていたのであるが、いつものようには酒がすすんでいなかった。

愛想笑いをしながら身をくねらせた姉さん株の芸妓に酌をさせて、大ぶりの朱塗りの盃《さかずき》を口に運んだが、酒豪で鳴った仁左衛門が飲まずにそのまま盃を置いた。

そばで酒の相伴をしていた大番頭の五兵衛が、仁左衛門の顔色を心配そうに窺いながら、小声でそっと尋ねた。

「大旦那。御酒がすすみなさらぬようだが……」

近頃、仁左衛門は声に張りがなく、しかも瘠《や》せてきていたのだ。さっきから吐き気がして堪らないと、仁左衛門が不調を訴えた。夫人の妙《たえ》は気分が悪そうな夫を気遣って背中を擦《さす》り始めた。芸者衆も酌をやめてその場に凍りついた。ざわめきが消え、この座の一同が固唾《かたず》を呑んで仁左衛門を見つめていた。

妙は夫の背中を擦りながら、ますます蒼白になる夫の顔を覗き込んだ。この一か月ほど、仁左衛門の食が細くなっていた。妙は在所の医者に往診を頼もうとしたが、出過ぎたことをするなと一喝されていた。

妙は思わず嫡男の仁一郎《にいちろう》の方を見た。母親譲りの端正な面立ちの仁一郎は、尋常でない様子の父ににじり寄ろうと腰を浮かしていた。

その時、仁左衛門が苦しそうに言った。

「家に帰って横になりたい。五兵衛、すまないが、人力車を呼んでくれないか」

仁左衛門の首から頬にかけての部分が膨らんで見えた。

大番頭の五兵衛が後退《あとずさ》って立ち上がった瞬間、五兵衛が座っていたところに、仁左衛門は「ぐおっ」という呻《うめ》き声とともに勢いよく嘔吐した。みるみる緋毛氈が真っ黒に染まっていった。仁左衛門から周りの夜桜見物の騒音が遠のいていった。

ローレッツは仁左衛門に優しく一礼して、紋服の前を開けて胸部と腹部を露出するように促した。まずローレッツは眼瞼《がんけん》の結膜を見たが、軽度の貧血があるだけで、丸山が言ったように、出血量はさほど多くはなかったようであった。次に口を開けさせて舌を診たが、白《はく》苔《たい》がべっとりと付着していた。ローレッツは革鞄から聴診器を取り出して、入念に胸部の聴診をした。心拍数は少し増えていたが、心音、呼吸音ともに異常はなかった。

続けてローレッツは腹部の触診を始めた。丸山の問診によると、仁左衛門は以前かなり肥満していたとのことであった。ところが今は腹部に皮下脂肪はほとんどなく、腹部の皮膚が弛《たる》んでいることから、仁左衛門は最近急激に体重が減少したようであった。さらにローレッツがみぞおちの辺りを右手で押さえると、仁左衛門は軽い痛みを訴えた。

「上腹部に硬い腫瘤を触れる」

ローレッツは陰鬱な表情で朝山に小声で言った。

「堂本さん。今までに腹が痛むようなことがありましたか」

かなり断定的に、しかし丁寧にローレッツは問いかけた。

「もともとよくみぞおちが痛むことがありました。そう言えば、この一、二か月前からみぞおちに重たい感じがありましたね。それに好きな酒も旨くなくなった。年のせいかと……」

できるだけ正確な記憶を手繰りだそうとするかのように、仁左衛門は髭を擦りながら時間をかけて答えた。それでも声がいつもより甲高くなっていたので、患者は自らの声に緊張を感じたらしく、一つ二つと深い呼吸をした。

「私の血筋には、胃の腑を病んで死ぬる者が多い。親父殿も血を吐いて亡くなりました」

剛腹《ごうふく》で鳴る仁左衛門は、ローレッツの丁重な診察を受けたことで、いつもの落ち着きを取り戻し始めていたが、妻の妙は嗚咽《おえつ》を堪えると、診察台に静かに横たわった夫の腕に縋《すが》りついて首を激しく横に振った。

ローレッツは患者を一見して、胃がんであると診断していた。妙と仁一郎に椅子に座るように勧めると、患者や家族の不安を和らげるように、自らもゆったりと椅子に腰掛けた。

ローレッツは穏やかな表情で二人の顔を交互に見ながら、患者の日頃の生活や食べ物の嗜好などについて質問した。これらのやり取りから、外国人医師も同じ人情を持っているということが伝わり、妙と仁一郎を落ち着かせるのに役立った。

頃合いを見て、ローレッツは、仁左衛門自身が言うような病かもしれないが、たとえそうであっても、今すぐ命にかかわる病状ではないと説明した。朝山がことさら分かりやすく通訳したこともあって、身体の緊張が解けた仁一郎は、母の背に手を当てて耳元に何事かを呟いた。妙は小さく頷いて表情を緩めた。仁左衛門は穏やかに目を閉じ眠っているかのように見えた。

「それでは、堂本さん、入院して詳しく調べましょう」

張りがあって患者や家族に希望を与える声で言うと、ローレッツは朝山を従えて診察室から出た。

廊下で妙と仁一郎は、それぞれの思いを込めて深々とローレッツに頭を下げた。

妙の表情には当面夫の命に別状がないという安堵感と、これからの病状の悪化への不安が交錯していた。

仁一郎は、数日前に父から家の金蔵が底をつきかけているので、来年から一族郎党打ち揃っての花見ができなくなると聞かされていたようだ。その時、嵩《かさ》が小さくなった仁左衛門は、「落日はとどめようがない」と最愛の息子に初めて嘆いた。今年の花見の宴が例年よりも華美になっていたのはそのせいであった。

そのせっかくの花見がこのような結末になり、仁一郎は父の気持ちを察して悲嘆に暮れていた。一方では、父が不治の病であることを知った今、仁一郎はこれから背負うことになる重荷に耐えようとしているようだった。

ローレッツはゆっくりと黙礼を返したが、ここまで主治医に心を開いてくれた家族に、感動さえ覚えているようだった。


教頭室に向かう階段を上るローレッツの足取りはゆったりとしていたが、不治とされる病を癒したいという熱意が背中に張りを与えていた。すでに東の空が白々としてきた。教頭室まで同行してきた朝山はローレッツに一礼すると、診察室に戻るために足取りも軽く螺旋階段を下り始めた。

「朝山君、ご苦労だった。徹夜になってしまったが、外来診察が始まるまで、まだかなり時間がある。君も少し休みたまえ」

ローレッツは朝山の背に心からの労いの言葉をかけた。

「先生こそ、ご苦労さまでございました。無理をお願いした甲斐がありました」

朝山は明るい声を残して、勢いよく階段を駆け下りていった。

徹夜明けの高揚感がローレッツの心をいつになく軽くしていた。教頭室から中庭を見下ろすと、すでに回廊ではガス灯のぼんやりした光に照らし出されて人影が動いていた。毎朝のことであるが、安造はじめ数人の雑役夫が一片の塵《ちり》も残すまいというように、診察が始まる前に長い回廊を黙々と掃き清めていた。ローレッツはまるで自分の心も清められているような錯覚に陥っていた。


ローレッツは官舎に戻らず、珍しく教頭室に泊まった。教頭室は済生館の最上階に位置し、広さは二十畳ほどで東と南に向かって窓があり、東側にはバルコニーもあった。気を利かせた安造が仮眠できるようにとカウチに毛布を敷いていた。

午後の臨床講義に備え少し眠ろうと身体を横たえたが、先ほど診察した患者が脳裏から離れなかった。

仁左衛門がいかなる人物なのかをよく知らなかったが、多くの患者に接してきた医師は、一度の診察で相手の人柄をかなり見抜くことができた。近在の大地主だという仁左衛門は、ローレッツにとってどこか引き込まれるような魅力を持った人物であった。

ローレッツは眠くなるまでの間、仁左衛門の人柄について、かつて出会った人々にその類型を求めようと思い立った。まず親族の誰とも明らかに違っていた。次にウィーン大学の恩師や友人たちを想い浮かべたが、彼らともやはり違っていた。際立っていたのは仁左衛門のすべてを受け入れようとする佇まいであり、それはローレッツにとって新鮮な驚きであった。

連想の流れに漂ううちに、ローレッツは睡魔に魅入られ、抗《あらが》うことをせず身をゆだねた。

ローレッツがふと目覚めると、すでに陽が上っており、室内は春の日差しに満たされていた。寝不足の頭に外気の刺激を与えようと、彼は普段はめったに出ないバルコニーに佇んだ。

子供の頃、ローレッツは快活で男性的な気質の弟と共に、一族の居城であるプライテナイヒ城の尖塔に上り、風景を飽きずに眺めていた。そこから遠く眺めたアルプスは、ローレツの原風景となっていた。峻烈《しゅんれつ》な岩で縁どられた山肌を覆う純白は、男性的な気概と潔癖さを好む母アウグステと重なって見えた。

教頭室のバルコニーからは、アルプスよりはたおやかな姿をした蔵王連峰が一望できたが、最高峰の山頂に残る白雪は何事かを求めてローレッツに迫ってきた。いたたまれずに視線を落とすと、西洋風の建物が方々ですでに完工していた。これら白亜の建造物は朝日に眩《まばゆ》く映え、山形の近代化を如実に示していた。

先年、三島通庸が山形県令として赴任すると、殖産興業を旗印に街の西洋化を推し進めた。ローレッツが済生館医学寮に破格の待遇で招聘されたのも、ある意味ではその一環であった。県庁から南に延びた大通りには西洋式建築物が瞬く間に建ち並んでいった。その地域はかつて万日河原と呼ばれた馬見ヶ崎《まみがさき》川の氾濫地帯の荒地で、以前は昼でも寂しい草叢《くさむら》であり、古びた万日堂があるだけであった。

薩摩隼人である三島県令は、強引ともいえる持ち前の辣腕を発揮し、その僻地《へきち》を見事に繁華街にしてみせた。三島はまず新しい県庁舎を五か月で竣工させ、荒涼たる湿地帯に木造三階建ての白亜の洋館を忽然《こつぜん》と出現させた。洋風建築を見たことがない住民の驚きはこれだけではすまなかった。

県庁に続いて、その南側にはとんがり屋根の時計台をもつ四階建ての師範学校が建てられた。その隣に警察本署が、続いて大通りを挟んで西側に村山郡役所が建築された。さらに大通りをずっと南に下って、十日町には裁判所というように、憑《つ》かれたような三島の情熱は短期間に山形の官庁街を現出させた。

ふとローレッツが見下ろすと、中庭に干された純白のシーツや包帯が朝日を反射して誇らしげにそよいでいた。済生館の職員らは舶来の石鹸《せっけん》を有り難がり、よく洗濯をした。ローレッツは日本人が世界でもまれなほど清潔好きな民族であることを認めていた。済生館の職員たちは何の抵抗感も持たずに、西洋でもいまだ生まれて間もないローレッツの衛生観念を受け入れていた。

5　凄惨

夏空がどこまでも広がる日、ローレッツは解剖学の講義中であったが、作並《さくなみ》街道の土木工事現場で爆発事故が起こり、多数の死傷者が出たという第一報を受けた。

直ちにローレッツは朝山と丸山を伴い、県庁差し回しの馬車で爆発現場に向かった。道中で出迎えに来た工事事務所の若い職員が馬車に同乗して事故のあらましについて説明したが、ローレッツにとってそれは聞くに堪えない凄まじいものであった。

「どうして、そのような無茶な計画を実行したのかね。人の命を何だと思っているのだ」

ローレッツは思わず大声で大沼と名乗る職員に詰め寄ったが、この憐れな職員は馬車の端で縮こまるだけで、返事は返ってこなかった。

東北の山々にある樹々の緑は暗く蒼《あお》い。その生い茂った葉が、曲がりくねった山道に所々で濃い影だまりを形作っていた。体力の消耗を防ぐために、できるだけ日陰を選ぶようにしながら、爆破作業用の火薬を背負った男女数十人の隊列が山深い作並街道を進んでいた。

隊列が今進んでいる地点よりもう少し先に、「嶺《みね》わたり」とよばれる急峻な崖道があった。その嶺わたりでは馬による荷駄が通れないために、徒歩で火薬を運ぶ必要があり、彼らは火薬運搬の危険性を知らされずに、近隣の関山村《せきやまむら》から徴発された村人であった。仙台港と村山地方を結ぶ関山新道を新たに拓くために、今まさに三島県令は突貫工事を推し進めていた。

最新の掘削機は山形から福島へ抜ける栗子《くりこ》山隧道《さんずいどう》の開削で使用していた。そのため県令の言明した工期に合わせて工事を完成するためには、関山新道では大量の爆薬に頼らざるをえなかったのだ。

折から夏の太陽がじりじりと照りつけ、この日はうだるような暑さであった。地面からの熱気が足元から上がってきて、前屈みになって山道を登る村人たちは、まるで顔が焦がされるように感じていただろう。

壮健な男子は一様に約三十キロの火薬箱を背負って、断崖を見下ろしながら山道をあえぎ登っていた。すでに皆が体力の限界に達していた。筋肉が痙攣を起こしたのか、足を引きずる者もいた。彼らの粗末な野良着が汗で濡れそぼっていた。

妊婦と思しき村人は、前を行く屈強な若者が背負った火薬箱に巻きつけてある荒縄にぶら下がるようにして、肩で息をしながら登っていた。夫が病弱のために、仕方なく身重の妻が労役についていた。周りの村人たちは、自身の荷を運ぶことで手いっぱいであり、荷を代わって担ってやれないという自責の念にかられながら、虚《うつ》ろな声で妊婦を励ましていた。

村人たちの喘《あえ》ぐ息が山道に垂れ下がる枝の葉を揺らしていた。まるで彼らの無言の悲鳴が谷にこだましているようであった。激しい疲労のために、隊列が蛇行し始めていた。村人たちに課せられた苦役は、今まさにその忍耐の限界をはるかに超えてきており、彼らの感情は爆発寸前にあった。

その村人たちの憤りを敏感に感じ取って、随行している県の工事主任である佐々木が隊列の最後尾から大声で呼びかけた。

「おーい、休息じゃぁー。昼飯にしよう」

すでに体力の限界に達していた先頭集団から歓声が上がり、隊列はゆっくりと停止した。山道に慣れた村人たちであったが、重い火薬箱の運搬は、想像以上の負荷として彼らにのしかかっていた。村人たちは破格の日当と税の減免という餌につられて、この苦役を引き受けたことを後悔していた。それにも増して、彼らは口にこそ出さなかったが、県庁から必要な数の村人を強制的に割り当てられ、妊婦までが動員されたことに対する憤懣《ふんまん》が、沸々と込み上げているようだった。

どうやら助かったわい。満ち潮のように隊列全体に安堵の声が広がった。村人たちは強《こわ》張《ば》った腰を無理やり伸ばし、肩に食い込んだ火薬箱をまるで厄介者を放り出すように降ろした。滴り落ちる汗を手拭いでふき取り、ぬるま湯のようになった竹筒の水で干からびた口内を潤すと、村人たちはようやく人心地がついて、互いに私語が交わせるようになった。

「なんで、こんだことをさせるだ」

若い村人たちは口々に無慈悲な労役を詰《なじ》り始めた。

周りの若い者を労うように、年かさの村人は、

「なんとまあ、大変なお勤めだ」

と、のんびりとした声をかけた。若者たちに向けられたその顔には、滅多なことを口にしないようにという警告が表れていた。これを合図にして、村人たちは思い思いに木陰に陣取って、粗末な弁当を使い始めた。

工事主任の佐々木は、村人たちの刺すような視線から一時でも逃れようとするかのように、隊列からかなり離れた手頃な木陰を選ぶと、工事係の部下三人とともに腰を下ろした。

どっかりと胡坐《あぐら》をかき、時折、谷から吹き上がってくる涼風に生き返る思いで身をゆだねていた。荷を背負っていないとはいえ、急峻な上り坂に慣れない佐々木にとって、曲がりくねる夏の作並街道越えはその老骨に堪えていた。

「いよいよ、嶺わたりじゃ。これからが正念場だぞ」

佐々木は自ら気を引き締めるつもりらしく若い部下たちにも声をかけた。もう少し登ると、道幅が急に狭くなり、断崖を削った隘路を登ることになる。道は曲がりくねっており、一歩誤れば深い谷に転落する危険性があった。

佐々木は汗を拭いながら何気なく登ってきた道を振り返ると、そこには蟻の行列のような細くて黒い筋が幾本も蛇行しながらつながっているのが目に入った。佐々木はとっさに叫び声を出した。

「あれは何だ！」

佐々木は動転して腰を浮かせた。

弁当のむすび飯にかぶりついていた大沼が、

「あれは火薬箱からこぼれた火薬ですよ」

と言った途端に、佐々木が飛び跳ねるように立ち上がった。

「火を使ってはならんぞ！」

渾身《こんしん》の力を込めて呼ばわった。

その一瞬後に、凄まじい爆発音が空気を裂くように山間《やまあい》に轟《とどろ》きわたった。村人の誰かが煙草を吸うために不用意に火を使ったのだ。

佐々木は地団駄を踏んだが、気づくのが遅かった。

佐々木と大沼らが爆発現場に駆け登ると、五体を引きちぎられた遺体が辺り一面に散乱していた。死に至らないまでも四肢のいずれかを失った負傷者が、坂の上から流れ落ちてくる血と自らのものが混じり合った血溜まりの中で、救いを求める声を上げながらのたうち回っていた。怪我《けが》を負った村人たちが上げる悲鳴が谷にこだまし、辺りは凄惨な様相を呈していた。

犠牲者は三十名を超えていた。犠牲者の中には母親とともに遭難した胎児も含まれていた。

ローレッツらが現場に到着すると、事故の凄惨さは想像以上であった。かつて東京の寺院で見たことがある地獄絵すら霞《かす》んでしまう惨状に、ローレッツは唖然《あぜん》として立ちつくしていた。

「村人たちに爆発の恐れのある爆薬を、無防備に運ばせるとは……。この凄惨な事故を招いたものは、工事を急ぐ余りの暴挙以外の何ものでもない」

ローレッツの胸に怒りが沸々と込み上げていた。重度の外傷に慣れているはずであったが、身体の震えが止まらず、ようやくのことで立っているという有様で、自ら医師であることを忘れて込み上げてくる嗚咽にまかせていた。

重症の者たちはすでに落命していた。ローレッツは朝山と丸山に向かって、

「とんでもないことが起こってしまった。こんなことがあってよいのか」

と涙声になった。直情な丸山は丸顔を朱に染めて、

「県令には血も涙もないのか」

と憤懣を露《あら》わにした。近くにいる県職員を慮《おもんぱか》って、朝山は丸山がさらに言い募ろうとするのを遮ろうとしたが、丸山は構わず叫び声を上げた。

「世の中の進歩のためという美名のもとに、何をしても構わないというやり方は、そもそも間違っている」

周りにいる県職員たちは、何も聞かなかったかのように、黙々と作業を続けていた。

死亡事故が起こったことを聞きつけて、街道を駆け上ってきた村人たちは、無惨にも爆発で裂かれた近親者の骸《むくろ》を見つけると、屈強の男たちがその場に這い蹲《つくば》って、喉頭の痙攣のために声を上げずに慟哭した。臍《へそ》の緒をつけた胎児を抱きかかえた若い男は、息絶えた若妻の上に突っ伏していた。

だが、近親者を判別できた者はまだ恵まれていた。

「自分たちに、一体何ができるというのだ」と、三人の医師たちは全身の毛穴から声にならない叫びを上げていた。それでもようやく気を取り直して、軽症者の手当てを始めた。どの負傷者の顔も、自身の傷よりも起こったことの重大さに表情を失っていた。

ローレツらは負傷者の手当てを終えると、遺族らの悲しみを少しでも和らげるために、できる限り遺体の傷の縫合を行った。ローレツは一針一針、祈りの言葉を唱えながら縫合していたが、持針器《じしんき》を持つ手は怒りに震えていた。

朝山は縫合を終えた創部《そうぶ》を水で濡らしたガーゼで洗浄した。丸山は放心状態で木陰に座り込み、何事かを呟いていた。

ローレツと朝山の周りに村人が集まり始め、思い思いに手を合わせて黙々として傷を縫合し続ける医師たちを拝んだ。陽が傾き始め、手を合わせて佇立《ちょりつ》する人々の影が深い谷に長く伸びていた。

夕暮れになっても、声を嗄《か》らしながら血で染まった坂道を上り下りして、そこにいるはずの家族を追い求める村人の姿があった。すべての遺体が収容されたのは、死臭が辺りに漂い始めた、翌日の早暁であった。

ローレッツは、作並街道で受けた衝撃をいまだに深く引きずっていた。

この日、ローレッツは午後の診察を早めに切り上げ、朝山と二人、夏の日盛りに正装して汗だくになりながら、済生館から徒歩で県令官舎にたどり着いたところであった。辺りに人影はなく、先ほどまでうるさく鳴いていた蟬《せみ》も夕べを前にようやく大人しくなっていた。理由がよく分からなかったが、ローレッツは三島県令から夕食に招かれていた。

この官舎はかつて旧藩主、水野氏の隠居所として使われていたので、門は大名屋敷を思わせる立派な構えであったが、家屋は意外と質素な造りであった。鬱蒼とした樹木で覆われた前庭には打ち水をされた石畳が続いていた。ここではすでに夕風が立っていて、ゆっくりと歩くうちに二人の汗も引き始めていた。

「先生、時間に間に合って、ほっとしましたね」

朝山が横浜で買い求めたらしいオーデコロンを少し染み込ませた扇子で風を送りながらローレッツに囁いたが、彼は黙って頷くだけであった。ローレッツは済生館を出てからほとんどしゃべらず、ここでも苔むした石畳に足をとられないようにと意識を集中しているだけではなさそうであった。

涼を誘ってくれた石畳はそこで途切れた。ローレッツは蝶ネクタイを締め直し、朝山はパチンと小気味よい音を立てて扇子を閉じ懐に収めた。

格式ある玄関で恰幅の良い執事と散切り頭の書生三人が二人を出迎えた。ローレッツが三島の官舎を訪れるのは、今日で二度目であった。


山形県に赴任して間もない頃、早暁、県令が急病で苦しんでいることを告げる迎えが来て、ローレッツは詳細が分からないままに、慌てて県令官舎へ往診に出かけたことがあった。

珍しく熟睡しているところを叩き起こされたために、ローレッツは迎えの馬車に乗り込むと、眠気を追い払うために自らの頬に二、三度平手打ちをくれた。

官舎に着くと、待ち構えていた執事に急《せ》かされて三島の寝所に向かった。県令が心臓発作や脳卒中を起こしているのであれば事が重大であるために、ローレッツは内心の不安を抱えながら長い廊下を急ぎ進んだ。もし心臓発作や脳卒中であれば、外科医である彼にはなすすべはなさそうであった。そのために県令の病に手をこまねいているだけの自分に館長の筒井らが投げかけてくる非難を想うと、足取りは重くなりがちであった。

しかしこれらの病に対しては、たとえウィーンの内科教授連でも状況は同じだろうという考えが頭に浮かぶと、ローレッツはわずかに気持ちを落ち着けることができた。県令に意識があってくれれば何とかなる。ローレッツは気を鎮めるために自身に言い聞かせた。

肥満体のわりには機敏な動きをする執事の後を追うのが辛くなった頃、やっとのことでローレッツは県令の寝所にたどり着いた。

三島は仰向けに布団に横たわっており、顔色は健康そのものであったが、どこかがひどく痛むように濃い眉をしかめていた。朝山はすでに寝所に控えていたが、教頭の顔を見ると安堵したように吐息をついた。

県令と簡単な挨拶を交わすと、ローレッツは肥満した身体を恭しく診察し始めた。左拇趾《ぼし》の付け根が赤く腫れており、三島は強い痛みを訴えていた。

「以前にも足が腫れて痛んだことがあるが、今日の痛みは格別じゃ」

剛毅な武士が顔をしかめているところから察して、よほどの激痛があるらしかった。

「家人が寝所を歩く振動さえ、堪えるのだ」

ローレッツは一見して痛風と診断した。

「これは痛風といって、閣下のように高貴な方が罹《かか》る病で、欧州では王侯貴族の病と呼ばれているものです」

三島はこの説明を気に入ったらしく、珍しいことであったが口元が緩んだ。患部に湿布を施し、肉類を好む食生活はこの病によくないこと、また酒を控えることなどを婉曲《えんきょく》に、しかし毅然《きぜん》とした口調で伝えた。

三島は一応、「うん、分かった」と頷いていたが、ローレッツには県令が医師の意見に素直に従うとは思えず、その後も足を引きずるように歩いているのを何度も見かけていた。

客間に達すると、三島の嫡男、彌太郎が待ちかねたように廊下に控えていた。風貌は父通庸に似ていなくもなかったが、目鼻立ちはすっきりして貴公子然としていた。かねてよりローレッツと面識のある彌太郎は軽く会釈をすると、尊敬するオーストリア人医師を奥に入るように誘《いざな》った。後に日本銀行総裁になる彌太郎は、この時まだ山形師範学校の生徒であった。

奥の間には、猪首《いくび》で大樽《おおだる》のような風体の三島が薩摩人らしく白絣《しろがすり》の着物を着て、腕組みをしながら正座していた。なぜか小首を傾《かし》げていた。三島には修羅場を何度もくぐった人物に備わる重量感があったが、片時も何事かが頭から離れないようであった。満たすことができない心の虚空を抱え、そこに他人を信じられない孤独の影が寄り添っていて、三島の複雑な人格を形づくっていた。

一族の未来を託すに足りる嫡男に案内されたローレッツと朝山に気づくと、三島はやにわに相好《そうごう》を崩して二人を手招いた。彌太郎の存在が唯一といえる救いであるように、嫡男を見る県令の目に安堵と和みの光が宿っていた。

しかし、すぐにその光は消え、三島は鋭く探るような視線をローレッツに向けた。

「ローレッツどん。よく来てくださった。日頃、慣れぬ土地で何かと苦労が多かろう。わっはっは」

なぜ急に招かれたのかと、ローレッツが量りかねているのを見透かすように、三島は大きな目を見開いて笑った。

日頃、鬼県令と呼ばれ恐れられている三島であったが、利用価値のあるものには惜しみなく便宜を与え、時には人一倍強い自尊心を抑え、辞を低くして相手に擦り寄った。三島の本心を捉えきれないままに、ローレッツは慌ててぎこちなく日本式にお辞儀を返した。

「今宵は、先生と愉快に過ごそうと、それでお招きし申した。まあ、そう硬くならずに。取って喰らいはしませんぞ」

三島は手で間近に座るように示しながら、豪快に言い放った。ローレッツは、三島の庇護《ひご》のもとに、思うとおりに済生館での医学教育と診療ができているということを重々承知していたが、政策を性急に押し進めるためにみせる狷介《けんかい》さと策謀家ぶりには気を許していなかった。


三島には他人が思いもよらない行動に出ることがあった。

この日、三島は一緒に写真を撮ろうと言い出した。写真はまだ珍しく、一部では魂を吸い取られると忌み嫌う者も多かった。三島は先端的な技術を導入して土木工事を推し進めていたが、信条的には超がつくくらいに保守的な考えの持ち主であった。ローレッツは三島が見せる意外性に驚かされたが、自己顕示欲の旺盛な三島は、一生を通じて自らの事績を絵画や写真として残すことをむしろ好んだ。

書生が襖を開けると、隣室にすでに三島の家族が控えていた。妻、和歌子、四人の娘と幼い息子、若い乳母が居並んでいた。乳母は幼い男子の実母であり、三島の側室であった。正妻は色黒で地味な着物を着ており、娘たちから推し量れる年齢よりもずっと老けて見えた。娘たちは思い思いに着飾って精一杯のおしゃれをしていた。彌太郎は、どういうわけか記念撮影の一団には加わらず、カメラの横に立って妹たちを笑わせようとしていた。

三島は子供たちの着飾った様子を見ると、溢れんばかりの笑顔になったが、カメラのレンズに向かうと普段の厳しい顔に戻った。ローレッツは県令の表情に現れた落差に興味をそそられ、その横顔をまじまじと見つめた。

写真技師が写真機の方を見るようにと大声を出すと、ローレッツは慌てて身繕いをした。間を置かずフラッシュが焚かれた。撮影が終わると、家族はローレッツに一礼して、妻を先頭に部屋から静々と出て行った。幼子に至るまで凛《りん》とした佇まいは庶民にはないものであった。

ふと見ると、三島の視線はたおやかに歩く若い側室の柳腰の上に張り付いていた。妻《さい》妾《しょう》同居の実際を目の当たりにしたローレッツにとって、その家族関係は理解できないものであった。

酒宴が始まると、三島はますます上機嫌になっていった。ローレッツのために宿舎に専属のコックが雇われていたが、今夕は三島のはからいでそのコックが呼び寄せられ、主賓の口に合う料理が出されていた。ここにもローレッツへの三島の細やかな配慮があった。

三島は山形県にいち早く西洋式医学教育を導入し、県民の保健衛生を向上させようとしていた。そのために三島がこのオーストリア出身の医師をいかに重用したかは、県令の月給が二五〇円であったのに対して、ローレッツのそれは約五五〇円と破格であったことからも知ることができる。

三島のローレッツに対する配慮は、朝山ら済生館の医師の目にも格別なものとして映っているようであった。一例を挙げると、三島が憂鬱症のために休みがちのローレッツを県議会などの批判から擁護してきたことである。その理由は、この地に先進的な保健行政を敷くためという正当な目的に加えて、性急な土木工事を強引に推し進める三島にとって、増え続けている事故死を減らすためには、ローレッツの最新の医学知識と外科技術が必要不可欠であったからだ。

三島は自らのために用意させた鶏鍋を黙々とつついていた。いかに鶏鍋が好物とはいえ真夏のことであったから、はた目にも異様な光景であった。三島は汗一つかかず、全く暑さなど気にかける様子もなかった。

三島はふと思い出したように、

「今、貴公のところに、堂本仁左衛門が世話になっておるようだな」

と言い、ローレッツに酔漢のしつこい目を向けてきた。それはすべてを思いどおりにせずにはおかない目であった。胃が張るのか、三島は小さなゲップをすると、誰も聞きもしないのに、

「ゆえあって、奴には今死んでもらっては、困るのだ」とうそぶいた。


一座に酔いが回り始めた頃、妙齢の女性が三島に猫のようにしなやかに寄り添い、主に酌を始めた。ローレッツがよく見ると、その女性は先ほど見た側室であった。本妻がいるときは素顔であったが、今はあでやかに化粧をしていた。唇の紅が白地の着物に映えていた。ローレッツは怪訝《けげん》な顔を朝山に向けた。朝山は三島がローレッツに気を許している証拠だと耳元で囁き返した。二人が互いに耳打ちしているのを見とがめると、三島はわざわざ立ち上がって、ローレッツの席まで酌をしに来た。

三島は大分酩酊していたが、足取りはしっかりしていた。ローレッツの前にどっかりと腰を下ろすと、片肌を脱ぎ、膝の上に一升瓶を抱え込んで胡坐をかいた。じっくりと二人で飲もうということであったが、県令とは思えない無頼な酔態に二人の医師は言葉を失っていた。

花柳界の出らしい側室が影のように三島に付き従っていた。三島は側室の華奢《きゃしゃ》な肩を揺すりながら、

「結《ゆい》じゃ。良か女子じゃ」

とローレッツに紹介した。結は横座りをして体重を三島に預けているだけではなく、衣紋が深く抜かれ素足であった。

社交におけるマナーを厳しくしつけられたローレッツは目のやり場に困っていたが、朝山はこのような場には慣れているらしく、結構、この状況を楽しんでいるようであった。

三島は結に、

「毛深いが、良かお人じゃ」

とローレッツに酌をするように促した。

結がローレッツの杯に酒を注ぐのを見ながら、三島は鶏鍋から取り出したぬめりのある白

くなめらかな里芋にゆっくりと箸を突き立てると頷いてみせた。三島は大口を開いて里芋を放り込むと、美味《うま》そうにペロリと舌なめずりをした。


三島はローレッツにもっと飲むように酒を勧めながら、遠くを望むような眼差しになった。

「ローレッツどん。栗子山隧道や関山新道の工事は、思いのほかの難工事でごわす」

誰にも理解されなかったが、三島はどうしてもこれらの道路建設を期限までに完工したいと思いつめているらしい。そのため三島の日々の緊張には度を越えるものがあった。工事以外のことには全くのうわの空で、食事中に箸を落として正妻の和歌子を不安にさせていた。政務においても、たえず思い違いや安易な間違いをして、周囲の者を慌てさせた。

「大勢の死人や怪我人が出ておる。今後も先生に大いにお世話になるはずじゃ」

自らの大望にひれ伏すように、この男は慇懃《いんぎん》に頭を下げた。

「おっしゃるように大変な難工事なのでしょう。ひどい外傷で、思わず息を呑むものもありますね。私もよい経験をさせてもらっています」

当たり障りのない返事をしながら、ローレッツは先日の作並街道での凄惨な爆発事故を思い出していた。三島はローレッツの顔色から察したらしく、

「ローレッツどん、貴公も知っての通り、この間、作並街道でちょっとした爆発事故があっただろう」と軽い調子で言った。

「運搬途中で火薬がこぼれ落ちて、引火したというのだ。それで臆病な書記官どもは、工事に爆薬を使うのはやめようとほざいた。奴らには知恵がなさすぎるぞ。そう思わんかね、ローレッツどん。何としてもこの工事は期限内に成し遂げなければならん。そこでわが輩は、次には爆薬箱を油紙で包んで運ばせることにした。これで爆薬がこぼれ落ちることはない。わっはっは、どうだ、名案だろう」

これほどの惨事を単なる世間話でもするような三島の態度は、ローレッツには到底許せないものであった。一体何人が命を落としたか、県令が知らないわけはない。妊婦が胎児もろとも爆死したのを自分は目撃したのだ。

さすがに癇癪を起こすことはなかったが、顔面は蒼白になり、眉毛がそそり立っていた。ローレッツの県令に対する内心の怒りは、時を経て収まるどころか、徐々に増していった。

6　仁左衛門と県令

病室の窓からは月山がくっきりと見え、この山に特有のなだらかな稜線を描いていた。ローレッツが病室のドアをノックすると、妙は「はい、ただいま」と透明感のある声で応え、急いでドアを開け放った。

中庭に白い百合《ゆり》が気高く咲き誇っていた。この薫り高い百合は、妙がローレッツの許しを得て自宅の庭から持ってこさせて植えたもので、仁左衛門の無聊《ぶりょう》を慰めてくれていた。

ローレッツはゆったりとベッドに歩み寄り、椅子を引き寄せてどっしりと腰を落とした。

入院してすでに二か月ほどが経ち、堂本仁左衛門は三分粥《さんぶがゆ》を摂れるようになり、束の間の小康を得ていた。仁左衛門はこのまま入院を続けるつもりはなく、自身の希望ということで退院することに決めていた。

病室に明るい夏の陽光が射し込み、ベッドの真っ白いシーツが眩しく輝いていた。室内にはベッドと数脚の椅子が置かれているだけで極めて簡素であったが、壁はあくまで白く、その清潔感は仁左衛門や妻妙にとって別世界のものであった。

仁左衛門はベッドに正座して居ずまいを正し、心から信頼している主治医を迎えた。患者の目は少し窪《くぼ》んでおり、さすがに憔悴を隠せなかった。

ローレッツが仁左衛門の目を見つめて穏やかに話しかけた。

「堂本さん。どうしても、退院なさりたいのですか」

ローレッツはこの時代の医師としては珍しく、患者に十分に病状を説明し、患者の理解を得ることを信条としていた。ローレッツが尊敬してやまないウィーンのテオドール・ビルロート教授もそうであった。朝山もそのことを熟知していたので、できる限りローレッツの意とするところを伝えようと意気込んでいるようであったが、仁左衛門が自らそれを遮った。

「ローレッツ先生、本当にお世話になりました。でもこれは私ども一族の宿痾《しゅくあ》です。親父殿も、爺様も、そのまた爺様も同じです。もう治すすべはない。そうでしょう?」

しばらく仁左衛門はローレッツの表情を窺っていたが、

「……ですから、わが在所で束の間の余生を過ごしたいのです」

と少し嗄《しゃが》れていたが、凛とした声で言った。

なおもローレッツが話を続けようとしたが、仁左衛門が目でやわらかく制した。

ローレッツはその強い意志を解したのか、ゆっくりと頷いて一礼を返した。

「堂本さん、あなたのお気持ちはよく分かります。人はそれぞれ、私が軛《くびき》と呼んでいるものをそれなりに背負っているものなのかもしれませんね。病だけではなく、つらくても抜け出せない境涯や生まれながらの気質なども、軛と言えます」

寂しそうに微笑んだローレッツは、自らの軛である気鬱症を想い浮かべていた。気持ちが塞ぐと、身動きが取れなくなってしまう。そうなると如何《いかん》ともしがたく、医師としての役目も果たせず、ただじっとしているしかない。ローレッツはいかにも情けないという表情をした。

仁左衛門はローレッツの気持ちを察したらしく、昔の思い出を語り出した。

「私も若い頃から、よく胃痛に悩まされた。どういう因果か分からないが、胃薬をいつも手放せなかった。夜中に腹が痛くなって、何度となく五兵衛を村医者のところへ走らせたことか。なあ、妙」

傍らの椅子に腰掛けて、ローレッツと夫の会話に聞き入っていた妙も、感慨を込めて話に加わった。

「ほんに、そうでしたね。とりわけ寒い冬でした。その年は冷夏のため大変な凶作になっていました。旦那様が郡役所に少しでもコメを放出するようにと掛け合いに出かけた際に、

『それは兵糧であり、領民にくれてやるわけにはいかぬ』とにべもなく追い返されたのです。その夜、旦那様はひどい腹痛のために、まんじりともせずに朝を迎えたことがございました」

宿命とでもいうように夫が胃の病で斃《たお》れることを、妙は決して受け入れられないというように大きな身震いをした。

「妙、嘆かなくてよい。命脈が尽きるまで、今この時を大切にしたい」

背筋を伸ばして胃の辺りを擦っていた仁左衛門は、ふと開け放たれたドア越しに白い百合を見て微笑んだ。

ローレッツは仁左衛門の表情に一瞬の静寂を感じ取り、そこに在る永遠ともいえる時を慈しんだ。私も今を生きているのだ。ローレッツはこのことを長年忘れてしまっていた。

妙は涙を拭うと、清楚な落ち着きを取り戻していた。

病室に白百合の香りが馥郁《ふくいく》と膨らんだ。

ふと浮かんだ疑問を、仁左衛門がローレッツに問いかけた。

「ところで、先生はなぜこの極東の島国に来られたのですか。私には不思議な気がしますが……。出自もすばらしく、お国では将来が約束されているというのに」

「うーん、難しい質問ですね。私の身の回りにも、オーストリア帝国にも、急激な変化が押し寄せていました」

ローレッツはしばらく考えていたが、回診の時間が長引いて患者を疲れさせてはいけないと気づいたのか、仁左衛門と妙にふくよかな笑顔を向けた。

「今日のところは、ウィーン万博で初めて接した日本文化に魅せられたから、ということにしておきましょう」

ローレッツはゆっくりと立ち上がった。


ある日、ローレッツが朝山を伴って病室の前まで来ると、ドア越しに仁左衛門と妙の楽しそうな笑い声が漏れてきていた。二人の気配を察したのか、勘のよい妙がタイミングよくドアを開けて、主治医を病室に招じ入れた。強くなった陽射しが照り映えて眩しささえ感じる病室で、仁左衛門はゆったりと椅子に腰掛けていたが、貧血気味の少し黄ばんだ顔をローレッツに向けて微笑んだ。

「今日は、気分がいいですね」

患者は全幅の信頼を置く主治医に体調を報告した。患者の笑顔ほど医師にとってすばらしい報酬はない。王侯といえども、このような自然に生じた笑顔を向けられたことはないだろうというのがローレッツの持論であった。

「それは良かった」

ローレッツの声には強い共感がこもっていた。

「今朝は少し硬めのお粥を全部頂きました」

妙は嬉しそうにローレッツに報告した。

「このまま……奇跡的に回復するのではないでしょうか？」

妙は自分の願いが奇跡を生むのではないか、いや強い信念を持てば不可思議な力が呼応して、夫の病を癒すことができるかもしれないと信じているようであった。

だが科学者である医師は奇跡を頼むことはできない。原因がそれ相応の結果を生み、因果律は覆《くつがえ》せないというのが、ローレッツの哀しくはあるが偽りのない信念であった。

「痛みは、ありませんか？」

空いている椅子を引き寄せて向かい合うと、ローレッツは脈をとりながら穏やかな表情の患者に語りかけた。

「それらしい痛みはありません。おかげさまで……」

仁左衛門は腹部を庇《かば》うように肩で息をしながら、ローレッツに柔らかな眼差しを向けた。感情のこもらない表情、時に意味もなくにやりとする表情を、ローレッツは上海でもよく見かけた。それは得体の知れない感情の表出であり、ローレッツにとって不気味さを伴っていた。

しかし仁左衛門の場合には、静けさの中に凛とした意志があり、ローレッツはそこに高い精神性を感じ取っていた。


仁左衛門が入院する以前には、ローレッツは何かに急き立てられているようで常に緊張気味であった。その上にローレッツは気分が揺れ動き、表情が刻々と変化した。ところが、近頃はゆったりと打ち解けられるように変わってきた。

ローレッツのいる前でも、仁左衛門は気楽に朝山に話しかけることができたので、朝山も仁左衛門との会話に加わっていた。

「朝山先生には、いつもお世話になって感謝しています」

仁左衛門は枕を背当てにしてベッドの柵にゆったりともたれ、寛《くつろ》いだ気分で回診を受けていた。ローレッツが同感だと言うように朝山の肩を軽く叩いた。

「ところで朝山先生はドイツ語が堪能なのですね」

仁左衛門はドイツ語を全く解さないが、その会話を聞いていると、独特の旋律が心地よい。もし自分が若ければ、多くの母音を持つこの言葉を学んで、彼の地を訪れてみたいものだとさえ思っていると言った。

「世界中にはたくさんの言語があり、それぞれの言語を話す、とてつもなく多くの人々が生活していることを実感して、狭い地域であくせく暮らしてきた身には、積もり積もった心の凝りを解《ほぐ》されるような気がします」

しかし仁左衛門には、それも果たせぬ想いとなっていた。

「いつとは分からないけど、ドイツで勉強したいですね」

朝山はローレッツの反応を窺いながら言った。

「そうだね。朝山君にはぜひそうしてほしいね。ウィーンも悪くないぞ」

ローレッツがにこやかに応じた。

「朝山先生なら、きっと望みを果たせますよ」

仁左衛門は心底そう願うというように両手を組み合わせた。

朝山は頬をピンク色に染め頭を掻《か》いていたが、そうありたいというように頷くと、遠くドイツの山並みを連想しているのか、目を細めて窓の外に広がる月山を見遣《みや》った。仁左衛門は青年らしい志に清冽《せいれつ》な感動を覚えたように大きく頷いた。

「ローレッツ先生も、この草深い国に来られて大変だったでしょうね。逆に私などには外国へ出かけるなど、とても、とても……」

傍《そば》で三人の会話を静かに聞いていた妙は、京の雛《ひな》人形のような顔を背けながら、夫に身震いをして見せた。東京へ行くのも尻込みするほどであったから、妙には異国に赴くなど想像外のようであった。

「確かに最初は戸惑いました。でも今ではここでの生活に、それなりに馴染んでいますよ」

ローレッツは正直に答えた。ローレッツから見れば、まず日本人は全く表情に乏しかったから、それで戸惑うことが多かった。

「私は長崎生まれですから、幼い時からオランダ人をはじめ西洋人を町で見かけていました。確かに彼らは感情を率直に表情に表します。西洋人は良きにつけ悪しきにつけ、表情や身振りで自らの感情を伝える習慣があるように思います」

朝山は子供の頃見覚えた西洋人の身振りをしてみせると、仁左衛門と妙は声を出して笑った。

「西洋の方から見れば、日本人というのは、能面を相手にしているように感じるのでしょうね」

ローレッツからすれば、朝山が言うように患者の症状の訴え方にも、彼我《ひが》の差は大きかった。かなり強い痛みを感じているはずなのに、日本人は訴えに乏しかった。たとえ重度の外傷を受けた患者でも、その表情や痛みを訴える言葉はそれほどでもないと当惑したことがあった。

「日本に来た当初、この国の人々は、痛みの感覚に乏しいのではないか、あるいは痛みを表現する知性に欠けているのではないかと、申し訳ないが正直なところ思いましたよ」

ローレッツが遠慮がちに言うと、仁左衛門は思い当たるらしく苦笑した。

「私などもその部類だな、きっと」

仁左衛門は名字帯刀を許されてきた家に育ち、幼少の頃から些細な感情の変化を外に出さないようにしつけられてきた。

「成人してから、自らにかかわることには、できる限り淡々とうち過ごすことを心がけ、感情をできるだけ表に表すことは避けるようにして生きてきたつもりです。結果的に現在の自分があり、そのような自分に敢《あ》えていえば、ある誇りを持っている」

「ローレッ先生がおっしゃっていますよ。堂本さんには随分感化されたと……」

朝山はローレッツの方を窺いながら声を潜めて言った。

「とんでもないことです」

朝山の思いもよらない話に驚き、仁左衛門は慌てて否定した。格段に文明が発達したウィーンで育ち、文化的で高い教養を身につけたローレッツに感化を与えるなど、仁左衛門は有り得ようもないと恐懼《きょうく》していた。

「私などは片田舎の不調法者ですから、そのようなことは有り得ません。ローレッ先生のような、お偉い先生に診ていただけるだけで、私は本当に幸せ者だ」

仁左衛門は居ずまいを正すと、拝むように手を合わせた。

「このような西洋式の病院が出来、清潔な病室で最も進んだ治療を受けることができるなんて、いくら感謝してもしきれないほどだ」

ほんの数年前ならば、村医者に診てもらったとしても、ほとんど成り行きまかせの状態で、脅《おび》えながら悶《もだ》え苦しんだに違いなかった。

仁左衛門は、良い話を聞いたというように満足げに頷くと、ゆっくりとベッドに横たわった。妙が夫の裾の乱れを見つけて、大切なものを扱うかのように直し始めた。それを見てローレツは、自分が回診の途中であることを思い出したようで、

「さあ、朝山君、次の患者が待っているぞ」

と急き立てると、そそくさと部屋から出て行った。

慌てていた朝山はローレツの後を追うようにして部屋から出る際、大きな音を立ててドアに脛《すね》をぶつけた。声にならない呻きを上げながら、朝山は腰をかがめてドアをそっと閉めた。光が隅々まで行き渡った病室に、仁左衛門と妙の忍び笑いが残った。

数日後の回診で、ローレツは自ら仁左衛門の退院を切り出した。最後の日々を自宅で過ごしたいという、仁左衛門の願いを叶えるためには、ローレツは自らの経験から今の時期を逃すと退院が難しくなると考えていたからだ。

「では、そろそろお宅へ帰りますか」

仁左衛門の顔色は貧血のために蒼白かったが、目の輝きは衰えていなかった。

「それは本当に有り難いことだ。私の望みどおりに、生まれ育った在所のわが家で、残された日々を過ごせるのだから」

ローレッツは誰しもがそうだというように大きく頷いた。

「畳の上では死ねないかもしれないと、覚悟して生きてきた」

仁左衛門はふと呟いたが、なぜこのようなことが口をついて出たのか分からない様子であった。

ローレッツが怪訝そうな顔をしたので、朝山が「畳の上で死ねない」というのは、非業の死を意味していると説明した。ローレッツはしばらくじっと仁左衛門を見つめていたが、なぜかその顔には悔恨の情が浮かんでいた。

「〝畳の上〟ですか……。兄とも思う、私の希望であり未来でもあった人が、まさに畳の上で死ねなかった。私の祖国もいやな時代になっていた」

ローレッツは俯いたかとみると、やがて大きな吐息をついた。心の奥底に押し込めてあった記憶が、地獄の蓋が開くようにローレッツの脳裏に湧き上がっていた。


病室内の沈鬱な空気を破るように、廊下から大きな濁声《だみごえ》が聞こえてきた。

「誰だ、こんなところに勝手に百合を植えたのは……。俺《おい》は何も聞いておらんぞ」

続いて廊下で小さなざわめきが起こったが、次の瞬間に忽然と三島県令が仁左衛門の病室に姿を現した。予想さえしなかった県令の闖入《ちんにゅう》であった。

三島はずかずかとベッドのところまで来ると、

「堂本どん、具合はどうだ。なに、気にすることはなか。ついでに立ち寄っただけじゃ」

と無遠慮に突っ立ったまま、仁左衛門の顔を覗き込んだ。

「ローレッ先生には大変よくしていただいています」

仁左衛門がベッドに正座して深々と頭を下げた。三島は鷹揚《おうよう》に頷くと、そこにいたのかとでもいうようにローレッツを見た。

「ローレッツどん。堂本氏のこと、よろしく頼むぞ。県にとって大事なお人じゃからな」

三島は上機嫌を装っていたが、実のこもらない声を出した。

「承知しました。でもこれからはご自宅で療養されることになっています」

ローレッツが退院のことを告げると、三島は頬を痙攣させて不機嫌になった。

「朝山君、ドアを閉めてくれたまえ。俺は百合の匂いが嫌いじゃ」

ローレッツと仁左衛門はその場に凍りついた。

夏に咲き競う紅花《べにばな》が見られなくなって久しかった。かつて高価な染料を独占的に商って活気があった街は、すでに往時の賑わいを失っていた。紅花商いの衰退に従って、堂本家の財力も年々目に見えて衰えていた。それに加えて、頻繁に行われる土木工事費を捻出するために、三島県令による強引ともいえる県民への賦課がのしかかっていた。

仁左衛門は、県令が県民に対してどのような仕打ちをしてきたか、さらに自らが置かれている経済的な苦境について重い口を開いた。

「ローレッツ先生、済生館に入院させていただく少し前でしたが、私は三島県令から県庁に呼び出されたのです。その時、土木工事へさらに寄付金を供出するようにと迫られました」

さすがに仁左衛門も声を震わせていた。

新しい庁舎の県令室で、三島県令は大きな紫檀《したん》の机を前にして悠然と座り、葉巻を燻《くゆ》らせていたと仁左衛門は語り出した。肥満体を真新しいフロックコートで包んでいたが、その猪首に締めた蝶ネクタイはなぜかくたびれていた。三島の目は血走って落ち着きがなく、絶えず周囲の様子を窺っていたそうだ。

この地方を代表する資産家の一人である堂本仁左衛門は、執務机に面して置かれた椅子に腰掛けさせられていた。前日から三島県令は、土木工事は県民の利益につながるのだから分相応の寄付金を供出するようにと、仁左衛門に強く迫っていた。

「あの時、県令は、『貴公だけが抗っている』と揺さぶりをかけてきました。私は前日から県庁に留め置かれて、帰宅を許されませんでした。正直なところ疲れていて混乱していたので、いっそのこと、言いなりになろうかという気になりかけていました」

その時、何を感じ取ったのか県令の態度が変わったというのだ。三島はわざとらしい柔和な顔で語りかけてきて、

「堂本どん、どうじゃ、もそっと考えてくれんか」

と猫なで声を出してきた。仁左衛門は、前日から押し黙っていたが、県令の態度が変わったのを見て、この機を逃さず処罰を覚悟で、寄付金の強要と重税に耐えられなくなった県民のうめき声を伝えようと腹を括《くく》ったと言った。

「私が覚悟を決めて、『県民はすでに疲弊しており……』と訴え始めると、県令の態度がまさに豹変《ひょうへん》したのです」

仁左衛門が覚悟の声を上げると、三島はかえって慌てたようだ。三島は傍に控えている秘書官や事務官たちに目をやりながら、何も言うなというように肉厚だが意外と小さな手を突き出した。

三島の意外な出方に機先を制されて、仁左衛門が口をつぐむと、三島は葉巻の火を灰皿でゆっくりと揉み消した。無精髭を生やした仁左衛門の顔をまじまじと見つめながら、三島は困り果てたという表情を露わにしたらしい。

「今度は打って変わって、県令は、『わが輩もそうだが、おぬしも頑固者だな』とぼやきだしたのです」

三島の言うところでは、維新以前、村山地方には大きな藩がなく、天領が複雑に入り組んでいた。そのため領民は強く規制を受けることなく、比較的自由に紅花商いなど商業活動をしてきた。

もともと有能な官吏であった三島は、この地方の商人が自由市民的な気風を持つことを忌み嫌っていた。ところが三島と相対した仁左衛門の印象では、土木工事に必要な莫大《ばくだい》な資金を調達するために、有力な県民らと完全な敵対関係になることは避けたいというのが、県令の本音らしかった。

三島は息を大きく吸って、吐き出すように、

「貴公らはお上を崇《あが》める風がない」

と言うと、県民に対する憤懣が噴出したように、その顔は赤黒く膨れ上がっていた。し

かし三島はその後何も言わず、指の腹で鼻を擦りながら感情の嵐をやり過ごそうとしていた。仁左衛門はひとまずゆったりと構えることにしたそうだ。

ローレッツは仁左衛門の話に耳を傾けていたが、以前から三島県令の土木工事には大きな関心を向けていた。というのは県の財源には限りがあることから、その財源の多くを土木工事に取られると、当然のことながら済生館医学寮の予算が削減されることになるわけで、ただでさえ乏しい済生館や医学教育関連の予算の獲得のためには、いつも県の動向に目を光らせていた。そのためローレッツは、時には県令秘書官の深津から、土木工事に関する情報を得るようにしていた。

「今、三島県令が実施している土木工事で、最大のものが例の栗子山隧道の開削ですよね。山形から福島に抜ける栗子山隧道は、最新技術を投入して掘削する大規模トンネルですから、彼の野心を満足させるためには、どうしても工期を守らなければならない。そこで工費を捻出することが、今の県令にとって喫緊の急務らしい。

聞くところによると、政府の方針は、地方官庁の建築費や土木工事の費用を、管内の住民に賦課するというものだそうです。この方針を受けて、三島県令は、工事費のうち九ないし十万円を地元の資産家からの寄付で賄おうと、腹を決めていたようですね」

仁左衛門は意外にもローレッツが事情に通じているのを知って驚いたようだが、かえって堰《せき》が切れたようにその窮状を語り出した。

「県令はまず手始めに六日町の柏倉《かしわくら》家に圧力をかけて、旅籠《はたご》町の畑地約二千坪を献納させました。これに味を占めた県令は、長谷川吉郎治殿を筆頭に、八百人以上を役所に呼び出し、資産に応じて寄付金を割り当てた。むろん私も呼ばれました。特に屈指の資産家である長谷川家には、千円の寄付金が割り当てられたと聞いています」

「そこまでして、三島県令は己の野望を遂げようとしているのか」

ローレッツは嘆息交じりに吐き出すように言った。

「私もこれまでに道路や公共施設の建設に、何度も多額の寄付をさせられてきました。もう明らかに限界を超えている」

仁左衛門は傍らの妙を見て肩を落とした。

並みの人間では、二日間にわたって何も聞かされずに軟禁されれば、相手は冷血と呼ばれている鬼県令であったから、不安に苛まれないはずはなかった。

「三島県令は、私が脅えているようだったら、一喝して要求を呑ませようという腹だったようです。維新の修羅場を何度も潜ってきた県令にとって、他人のわずかな恐怖心を見抜くことは簡単ですからね。虚勢を張っても、表情や態度の変化は県令を誤魔化せるはずはなかった」

「県令は、あなたから恐怖心を読み取れなかった……」

「農民とはいえ、わが堂本家は先祖代々、苗字帯刀を許されてきました。聞くところによると、県令は薩摩藩の最下級の武士であったとか。そういうことであれば、出自では大きな差がないという思いが、あの時の大きな支えでした。このように出自のことを言うと、ローレッツ先生からすれば、可笑《おか》しいでしょうね」

　ローレッツは無言で首を横に振った。

「それよりも、ここで自分が食い止めなければ、三島県令の要求は際限がなくなってしまう。そうなれば県民の生活が破綻してしまうと、あの時は必死の思いでした。わが身をいとう余裕などありはしなかった」

　しばらく沈黙が続いた後、三島はフロックコートの袖をゆっくりと捲《まく》り上げ始めたようだ。当然のことながら、仁左衛門は反射的に身構えた。ところが三島県令は、その場の緊張を尻目に、肥満した上半身を持て余すように机に両肘をつくと、仁左衛門に向かって自嘲を込めた声色で意外なことを言ったようだ。

「三島県令は、自身が鬼県令と呼ばれていることを、結構気にしているようでした。おいそれと思い通りに事を運ぶというわけにはいかないとも、政府中枢へ聞こえが気になるとも……言っていました」

怒りを無理やり呑み込んだ三島は目を間断なく動かしていたそうだ。


それまで黙って聞いていた朝山が、先ほどからのローレッツと仁左衛門の会話に割り込んできた。どうやら狸小路の飲み屋で県庁の事務官から噂を仕入れていたらしい。

「県令は、噂では東京にいる伊藤博文閣下の監視下にあるらしいですよ。元来、三島県令は、薩摩藩閥の領袖である大久保利通内務卿の庇護のもとで、山形県で行政手腕を思う存分振るうことができたわけですよね。ところが最大の理解者で恩人の大久保利通公が、先年暗殺されたでしょう。それで県令は最大の政治的パトロンを失ってしまった。そういう事情があるようですね」

朝山によると、三島はそれ以前から長州閥の巨魁《きょかい》、伊藤博文の不興を買っていた。大久保亡き後、この伊藤博文との悪しき因縁は、三島が中央の政・官界において活躍するために、彼をとらえて離さない大きな足枷《あしかせ》となっていた。このような自身を取り巻く状況下では、仁左衛門の処遇でことさらに我を押し通すことは、さすがにかなわないことを三島はよくわきまえているようであった。

顔を少し歪《ゆが》めた三島は、吸い始めたばかりの葉巻を力任せに灰皿に押しつけると、椅子が倒れるかと思えるほど勢いよくもたれかかって、椅子に悲鳴を上げさせた。

「三島県令は、この四方が高い山に囲まれた辺鄙《へんぴ》な地に新しい産業を興すため、荷車や馬車の通行が可能な道路を造ろうとする、わが輩の親心を理解できないのかと迫ってきました。それでも私が黙っていると、貴公らの子々孫々の繁栄のためにしていることだ。末代まで受益するのだから、どうか理解してくれと、今度は姑息《こそく》にも懐柔してきました」

「……むろん、私は断ることにしました」

仁左衛門は、もうこれ以上の寄付は無理だと、ゆっくりと首を横に振り、目に力を込めて三島の視線を押し返した。この刹那、仁左衛門は三島の巨眼が落胆に揺れたのを見逃さなかった。

寄付金によるのと税を取り立てるのとは大違いであった。伊藤公が掌握しつつある中央政府の評価も気がかりであったようだが、三島は何よりも仁左衛門を落とせなかったことによる他の資産家への波及効果を心配していたようだ。

「ついに県令は、民税を課すから覚悟しておけと言い残すと、部屋から乱暴に出て行きました。それで直ちに私は家に帰れましたが、途方もない税を背負うことになりました」

仁左衛門はここまで話すとぐったりとして、妙の介助でベッドに横たわった。

ローレッツは仁左衛門に労りの目を向けると、その後しばらく俯いて椅子に腰掛けていた。

ローレッツは怒りを通り越して、今は仁左衛門の哀しみを自らのもののように耐えていた。

7　新しき時代

朝から手術が立て込んでいたが、ローレッツはようやくこの日、三例目の巨大化した膿瘍《のうよう》の切開を無事に終え、一息入れるために医局に入り込んでいた。

ローレッツは朝山と丸山にはそれぞれに簡単な手術は任せるようになっており、彼らも予定していた手術を終えて先ほど医局に戻ってきていた。ローレッツはゆったりと葉巻を燻らせながら、朝山と丸山を相手に外科についての持論を語っていた。

彼らが腰掛けていたソファは県庁からの借りもので、教頭室の調度品と比べると格段に質素なものであったが、それでもローレッツが赴任して以来、机や椅子、本棚などが整備され、東西の医学書も増えていた。

「手術の時、ビルロート先生はまるで演奏家のように、優雅に手を動かされた。いかにメスを手早く動かすか、そのことに特別の注意を払うようにと、本当に口やかましく言われたものだ」

ローレッツは身振り手振りを入れながら、手術の様子をできるだけ分かりやすく弟子たちに伝えようとしていた。二人の日本人医師は、ローレッツの恩師であるビルロートの手術を目の当たりにするような興奮を覚えていた。

「ビルロート先生は、牧師の子息としてお生まれになった」

驚いたかというように、ローレッツは眉を吊り上げてみせた。朝山はローレッツから何度も聞かされていたが、丸山には初めて聞く話であった。

「音楽家を目指す、芸術家肌の少年であったそうだ。だが実家の生活が苦しく、音楽家として身を立てるのは難しかった。それで医師になったというわけだ」

丸山は驚いた顔を見せた。

「ビルロート先生はきっと名門のご出身だろうと、漠然と考えていました」

「先生は医師になられてからも、音楽を愛好されている。かの有名な作曲家、ブラームスとも親交がおありだ」

「でも、ビルロート先生はやはり外科医になられてよかったと、私は思いますよ」

丸山が率直な意見を言うと、ローレッツは満足そうに頷いて微笑んだ。

「手術中の感染をできるだけ抑えるには、手術の時間を短くすること。このことが大事なのは、私にも分かりますよ」

丸山もようやく身についてきた最新の外科知識を披瀝《ひれき》していた。ローレッツが済生館医学寮で行った科学的な思考に基づいた臨床の実践は、外科の新しい流れであり、ヨーロッパでもまだ揺籃《ようらん》期にあった。

ローレッツは恩師ビルロート教授がその前任地のチューリッヒで行った、「創傷熱および事故創傷病」に関する研究について熟知していた。感染症を合併すれば発熱するので、手術後に体温を測ることは、患者の病状を知る有力な手段であることがビルロートにより見出されていた。そこでローレッツは、術後に患者たちの体温をきちんと測るようにと部下の医員たちに命じていた。

古い因習の残るウィーンであれば、これだけの外科手術を自ら執刀でき、新しい手技を試すことはできなかっただろうと、ローレッツは日本に来たことの意義を見出していた。しかし自分にしっかりした外科の基礎が出来ていたからこそ、今のような応用ができたのだとも考えていた。ローレッツは臨床経験を積めば積むほど、ウィーン大学時代に外科の実地を学ばせてくれた恩師に対する尊敬の念を日々強めていた。

ローレッツは生き生きと振る舞い、皮膚は磨き上げた大理石のように輝いていた。

「ところでローレッツ先生。この間、解剖した患者の胃液の標本を見ました。やはり何か細菌らしいものがいますね」

朝山が顎をしゃくった先には、ローレッツがオーストリアから持参した顕微鏡が置かれていた。この近代医学の象徴でもある医療機器は黒く光り重量感があった。この時代は人類がミクロの世界に到達した、細菌学の黎明《れいめい》期でもあった。ローレッツはことのほかこの顕微鏡を大事にし、医学生の教育や研究に使用していた。朝山らの教員もその微小な世界の虜《とりこ》になっていた。

かつて愛知公立医学校にローレッツが教員として招聘された際、同時に朝山は講習場係として雇われていた。これが二人の出会いであった。

愛知公立医学校では、朝山は解剖実習を担当し、ローレッツから遺体に防腐剤を注入する方法など、多くの指導を受けていた。また当時は愛知でコレラが流行しており、朝山はローレッツの指示で、「コレラ病予防法報告及びコレラ病新誌」を翻訳していた。済生館医学寮に赴任してからは、朝山はローレッツの講義を丸山と分担して通訳をしていたが、顕微鏡学や薬剤学などの講義を翻訳して教材として使用していた。

「それは良い知らせだ。日本人には胃に細菌感染があるのではないかという、私の仮説はまんざらうそでもなさそうかな」

ローレッツは立ち上がると、新しい時代の医学に対する自身の憧憬の象徴である顕微鏡に近づいて、いとおしむようにそれに触れた。おもむろに椅子に腰掛けると、ローレッツは長い間無言で魅入られるように顕微鏡を覗いていた。

「大胆な考えだけどね。ひょっとすると、胃がんはこの感染と関係あるかもしれないな」

顕微鏡から顔を上げると、ローレッツは疲れた目を指先でこすりながら、弟子たちに向かって厳かに言った。


ローレッツの外科に関する講義を聴こうと、医学寮の医学生だけでなく近隣の医師が講義室を埋めていた。朝山が目でざっと数えると、五十名を超えていた。医学生の採用人数は減る傾向にあったが、聴講を希望する医師は日本海側の鶴岡や酒田からも押し寄せていた。

講義室の扉がゆっくりと開いた。佐々木が教頭を先導して、恭しく講義室に入ってきた。ドアが閉まるのを見計らって、教壇の横に控えた朝山は眼鏡を押し上げると講義の開始を告げた。

白い麻のスーツを着たローレッツは、重々しく教壇に立つといつものようにまず咳払いをした。これを合図に受講者全員が起立し一礼した。教頭がいつもの沈着さと違って、やや興奮気味に語り始めたので、暑さで気怠《けだる》くなっていた講義室の雰囲気は一変した。

「諸君。今や外科を取り巻く壁は取り去られ、外科学は自律的に進歩できるようになった。わが輩は、ウィーンで一つの器官にメスが及び、それに続いて他の器官にメスが使えるようになるのを、見聞きしてきた」

ローレッツのいつにない様子から察して、医局員や学生は、きっと何か重大な報告があるのだろうと、大きな期待を込めて身構えた。しかし、「ところで」と改まって言ったあと、ローレッツは黙り込んでしまった。言うべきことを頭の中で反芻《はんすう》しているようであったが、次第に興奮が高まって身震いすら感じているようでもあった。

ローレッツは、これから伝える歴史的な出来事にウィーンで参画する自分を長年夢見てきたが、現実には極東の島国でその事実を報告する役回りにすぎなかった。その思いがローレッツの沈黙を長引かせていたのだ。

ローレッツの顔色が紅潮して、まさに噴火寸前の火山のようであった。聴衆はどのような重大事について聞けるかと身を乗り出して待っていたが、教頭がなかなか言葉をつがないので、まさか気まぐれを起こして話すのをやめるのではあるまいかと皆が疑い始めていた。

「つい先日のことだ、諸君。あっと驚くような手術が、ウィーンで行われた」

ローレッツは教壇の講義台を拳で叩いた。朝山は久しぶりに胸を躍らせ、丸山と佐々木も固唾を呑んで見守っていた。医学生や聴講の医師は団扇《うちわ》を動かすのをやめ、すべての視線が教頭の口元に集まり、講義室の緊張は一気に頂点に達していた。

「そうだ。諸君、これはもう事件だ」

いつも沈鬱な印象を与えるローレッツが、甲高い声を張り上げた。

「何を隠そう、ビルロート先生が、胃の出口にあたる幽門部にがんを抱える女性を手術して、歴史上初めて胃がんの摘出に成功したのだ」

この快挙について、ローレッツは在日公使館のオーストリア人医務官から手紙でつい今しがた知ったばかりであった。

教頭の興奮が伝染したかのように、講義室を埋めている受講者から歓声が上った。皆ひどく興奮して講義室は騒然となり、ある者は立ち上がって大声で何かを叫び、学生服を着た若い医学生に至っては興奮して机の上に飛び乗り、下駄を踏み鳴らした。

朝山が、「静粛にするように」とあらん限りの声を振り絞って何度も呼びかけたが、私語が飛び交って講義どころではなくなった。

「生きた人間の胃を切るなど、本当にできるのか？」

「切った後、どのようにして胃をつないだ？」

「手術後に、飯を食えるまでに回復したのか？　切り取るだけなら誰にでもできるぞ」

医師や医学生たちに与えた大きな反響にローレッツは満足げであった。三人の教員も互いに目配せして驚きを表していた。丸山は隣に控えている佐々木に、

「これは外科の新しい時代の幕開けだ。まさに歴史的な事件だ」

と耳打ちして拳を震わせていた。佐々木は目を潤ませ、丸山に向かって頷いた。

ビルロートをよく知るローレッツから、この医学史上で画期的な出来事が伝えられると、歴史に参画しているという厳粛な想いが、極東の片隅で学ぶ彼ら医師、医学生に湧き上がっていた。

済生館医学寮の教員や聴講している医師たちが学んだかつての医術からすると、このような外科の進歩は隔世の感があった。ローレッツは麻酔の進歩と無菌手術の普及、これらがこの快挙をもたらしたことを伝えたかったが、予想以上の反響の大きさに驚き、講義を続けられそうにないと悟った。朝山にあとを任せて肩をゆすりながら引き揚げて行った。

見守るしかなかった胃がんに、手術ができるなんて、想像さえしなかった。ローレッツは教頭室のバルコニーからはるか西の空を見上げた。

　ある夜、ローレッツはウィーン大学の医学生であった頃の夢を見ていた。

　教室の壇上でテオドール・ビルロート教授は、一二〇キロの巨体を揺すって、フロックコートの裾をたくし上げると、左手をズボンのポケットに突っ込んだ。続いてがっしりとした上体を大きく後ろに反らし、右手の中指で口髭を擦る、得意のポーズをとった。いよいよ新任外科教授の講義が佳境に入っていた。

「諸君。優れた外科医になるためには、どうすれば良いと思うかね？」

　医学生たちが講義をどれくらい理解しているかを確かめるために、ビルロートは質問を投げかけた。その日は今の君たちには分かるまいと言っているようであった。

　まだ初々しい学生であったローレッツは一瞬息をのんで、教授の次の言葉を待ったが、周りの医学生たちも同じように身体を強張らせていた。

　若々しく精気に満ちた外科教授は、教室の外まで届かせようとするかのように、バリトンの声を階段教室の隅々まで響かせた。

「これまで外科の理論と呼ばれてきたものは、実のところ外科の実践にはあまり役に立たない。それに代わって、私は外科における病理解剖と生理学を講義するつもりだ。これらは外科を科学的に実践するために、大いに役立つはずだからだ」

ローレッツは、それまで自分が抱いていた外科医のイメージとは全く違っている、四十歳を過ぎたばかりの教授を凝視し続けていた。ビルロートの講義は、ローレッツからみても科学的な根拠に欠けているとしか思えない他の外科教師のそれとは、確かに違っていた。しかし多くの学生は、ビルロート教授の独りよがりに思える講義内容をあまり理解できず、そろそろ帰り仕度を始める輩《やから》もいた。

「私は理論から実践へと続く道を知っている。アートをサイエンスに結びつけることが、われわれの時代の外科の目標であると信じている」

ビルロートは自信に満ちた口調で、その学期の最初の講義を終えた。

ビルロートの話は難しく、自らの哲学に基づく独特の講義を行っていたので、その意気込みとは裏腹に、医学生には思いのほか人気がなかった。しかも毎学期、ビルロートは外科の講義に工夫を凝らすように努力していたにもかかわらず、出席者数は先細る一方であった。

後年、ビルロートは数々の外科手術法を開拓するという、医学史に輝く偉業を成し遂げたが、この頃、その研究はいまだ初歩的な段階にあり、『一般病理学と治療学の五十の講義』の著者として、売り出し中の外科研究者にすぎなかった。

　ビルロートは隣国プロイセンからウィーン大学へ招聘されたのであるが、当時はオーストリアにとって対プロイセン戦争の敗戦直後であったために、ウィーン大学の閉鎖性も加わって、新任のビルロート教授には居心地が必ずしも良いものではなかった。講義の仕方や教室内の人事など、ビルロートはいたるところで旧弊な抵抗に遭っていた。

　ある日、ローレッツは、誘われて参加した飲み会で、日頃重厚で物事に動じないビルロート教授が酔っ払って、大声でくだをまくのを目撃した。

「俺様はフランツ・ヨーゼフ皇帝陛下の有り難い招聘を受けて、ウィーン大学医学部の教授になった。何とも皇帝陛下のご寛大さに驚きいったねえ。えー、どうだい。まるで夢物語のようじゃないか」

　ビルロートは巨体にふさわしい大きなジョッキに満たされたビールを、豊かな顎髭に滴らせながら飲み干した。独特の射るような目は遠くを見やっていたが、その唇はだらしなく緩んでいた。

「このプロイセン人で、しかもプロテスタントである異端者の俺様が、オーストリア帝国の医学部教授になるなんて……」

ビルロートはそこまで言うと、突然意識を失って椅子に倒れ込んだ。

深夜、ローレッツはグッセンバウアー医師と二人で、凍てつくウィーンの街路を肥満体のビルロートを背負って自宅まで送り届けた。ビルロートの靴のつま先が、石畳のつなぎ目に当たるたびに響く音の何とも物悲しかったことか。

ビルロートはそのまま逼塞《ひっそく》するような人ではなかった。やがてビルロートは新たな試みとして、手術の供覧を階段教室で行うことにした。普段の講義にはわずか七人の出席者しかいないことがあったが、手術の供覧には五〇〇人も集まり、その重みで教室の床が抜けそうになった。やがてビルロートの教室ではグッセンバウアーをはじめとして綺羅星《きらぼし》のごとく優れた外科医が育った。

眠っているローレッツの口元が少し緩んだ。

ローレッツは良き教師であろうとしていた。

三島県令に請われて東北の一地方都市に赴任したものの、当初は必ずしも意欲的ではなかった。しかし近頃はこの地で何か意義あることをなしたいという気持ちの芽生えがあった。

ローレッツが教頭に着任するまでは、医学寮の教育は理論中心の講義が多かったが、徐々に実習を増やし、医学校としての体裁を整えていった。なかでも麻酔の実習は新時代の医学教育を体現していた。ローレッツは苦痛をできるだけ減らして治療することは医の根源であると考えていた。

「奇《く》しくも、わが輩が生まれた年に、米国ボストンにあるマサチューセッツ総合病院で、エーテルを用いて、無痛の手術が行われた」

ローレッツは驚いたかというように胸を張った。実習を前に緊張気味の医学生たちは大きく頷いて思い思いにメモをとっていた。自分たちは歴史の穂先にいるのだという熱い思いが実習室の隅々に浸透していった。全身麻酔法の導入はまさに外科の夜明けを意味した。

「しかしだ。その翌年には、今からわが輩が講義する、より副作用の少ないクロロホルムによる麻酔法が考案された。さらにその六年後には、英国の麻酔科医ジョン・スノーが、夫君アルバート殿下のたっての望みにより、ビクトリア女王の分娩でクロロホルム麻酔を敢行した」

実習の医学生たちは一斉にどよめいた。

「なんとまあ。こともあろうに女王様を試験台にしたのか」

年かさの子持ちの学生は、無精髭をはやした顔をローレッツに思いっきり近づけてきた。ローレッツは顔にかかった飛沫をぬぐい、大事は風雨を衝いて成し遂げるものだと自らに言い聞かせながら講義を続けた。

「結果はどうだったか？　もちろん女王は無事に第四王子レオポルド殿下を出産することができた」

気の弱そうな一人の医学生はほっとした表情をしたが、他の者たちは話の筋書きを予想していて、そうだろうと納得した顔をした。

「それまで英国では、クロロホルムなどを用いる麻酔法には、否定的な意見が多かったのだ。だが諸君。ご明察の通り、スノーの成功で安全性が世界に喧伝《けんでん》された」

気がつくとローレッツは、医学生たちに向かって、彼の国では君主が科学をいかに信頼しているか、さらに高貴な者がわが身を挺《てい》する義務「ノーブレス・オブリージ」がいかなるものかについて説いていた。

この日の実習は、自ら志願した医学生を試験台にして無事に終わった。

「実習の最後にひとつ大切なことを伝えておく。この国では世界に先駆けて、紀州の外科医、華岡青洲《はなおかせいしゅう》が独自の麻酔法を創《はじ》めていたことだ。全身麻酔を独力で、しかも先駆けて成し遂げた青洲の偉業を、諸君には世界に知らしめるべき責務がある」

医学生たちは顔面を紅潮させて頷き合っていた。この青洲の業績は、圧倒的に進歩した西洋医学の知識に対してともすれば劣等意識を抱きがちであった医学生らにとって、わが国の医学が追いつき凌駕《りょうが》できる時代がいつか来ることへの希望の灯《ひ》となった。

すでに済生館では日常の外科手術にクロロホルム麻酔を使用しており、ローレッツは希望する医師たちに積極的に手術を供覧することにしていた。

この時代には西洋でもあてにならない文献を頼りに、自らは見たこともない手術を初めて執刀するということが横行していた。ローレッツはこのようなことが正しい医学の発展を妨げてきたことを理解していたので、手術台を取り巻いている医員、開業医、学生に対して、繰り返し自らの信念を披瀝していた。

「手術に成功するには、多くを見学する方がよい。もし見学をしていないなら、多くの悲惨な手術から始めることになる。これは患者にとって全くの災難だ」

朝山ら教員や医学生には、

「患者に手術を怖がらせてはいけない。わが輩は患者の承諾なしには手術をしない。Eile mit Weile（急がば回れ）だ」と常々戒めていた。

またローレッツは当時としてはきわめて進歩的な考えを持っていた。それは医員や学生に対して、医療技術を学ぶだけではなく、自ら探究心を持つことを勧めていたことだ。

ウィーン大学医学部で臨床研究の現場を見聞きしていたローレッツは、自身は大学で実際に研究を行ったことはなかったが、医師として研究心は日常の診療活動を行う上でも必要であることを自覚していた。彼は折に触れて、このことを語っていた。

「いろいろな知識を持つ人たちが、チームとして研究を行い、互いの観察結果を検討し、議論を重ねることが重要だ。それにより科学としての医学が進歩するはずだ」

これも当時としては画期的な考えであった。ローレッツは、自ら実践できなかった研究に対する夢を、いくばくかの寂しさを感じながら、ウィーンで学んだ教師たちに重ねていた。

館長室では、館長の筒井明俊とローレッツが和やかな雰囲気で済生館医学寮の将来について語り合っていた。もともと二人は日頃必ずしも反りが合うわけではなかったが、筒井館長としてもローレッツの臨床や教育における力量は大いに認めていた。

「私がここの医学寮に赴任してきて、まず驚いたのは木造とはいえ建物は大変立派だということです。前任地の愛知医学校や金沢医学校に勝るとも劣らない。山形のランドマークと言ってもよいでしょう」

「そうだろう、東京や横浜でもこれほどのものは見かけない。この建物には三島県令の県民を思う心がこもっておるということだ」

　筒井は鼻をピクつかせながら鷹揚に頷いた。

「ところが私が赴任してきた時は、開設後間もないということを割り引いたとしても、教材について言えばひどい状態で、正当な教科書すらほとんどなかった。しかし今ではこの点に限れば、私の講義内容を朝山君や丸山君らに口訳させ、それを教科書として使用しているので、とりあえずは解決できた。館長のおかげで蔵書も増えています」

　ローレッツは珍しく館長に頭を下げたが、何かを思い出したように半身を起こした。

「そうだ、忘れるところだった。教育実習用の顕微鏡がなかったので、私の顕微鏡を使っていたが、やっとのことでこのたび購入することができた」

「当方でも済生館の外科手術の技量が、格段に上がったという評判を聞いておる。県令もさぞやご満足だろう」

　筒井は煙管《きせる》に詰めた煙草に火をつけると、威厳を込めて深く吸い込んだ。

ローレッツは通訳の朝山をちらりと見た。本題に入ろうとしているのだ。

「ところで、館長、政府による医制の整備が数年後に迫っているのをご存じでしょう。この医制改革で、わが済生館医学寮が甲種医学校として認定され、卒業後すぐに無試験で医師免許を得られるようにしたい。むろん館長としてもご異存ありますまい」

「医制改革については聞いたことがあるな。もともとわが国では、御維新まで医者になるには資格が要らなかった。先生には悪いが、乱暴な言い方をすれば、誰でも医者になれたわけだ。ところが明治の御代になって、うちのような地方の医学校が全国で三十三校も出来た。そこで政府は医師の免許制度を確立し、なおかつその資格について整えようとしている。こんなところかね」

筒井はこの話題を早く終わらせたいというように天井を見上げた。逆にローレッツはここぞと勢い込んだ。

「甲種に選ばれるか、乙種にされるかは、医学寮にとっても、医学生にとっても死活問題なのです。もしも力及ばず乙種医学校として認定されてしまうと、医学寮を卒業しても、国家試験に合格しない限り医師免許が与えられないのです。おまけに国家試験はかなり狭き門になることが予想されている。だから館長には医学生たちのことをもっと親身に考えていただきたい」

ローレッツは何としても乙種医学校に認定されてしまう事態を避けたかった。

「そこで県に対して、手術室などの換気や出入り口の改善、教員二名の増員、さらに二講堂の増設をぜひともお願いしたい。すでに愛知医学校や金沢医学校では着々と準備を整えていますよ」

ローレッツは甲種医学校の認定のために必要な要件について、誠意を込めて具体的に説明を繰り返していた。

「医制改革を前にして医学生も動揺しています。彼らを安心させるためにも、われわれの甲種獲得への意欲をぜひ見せてやりましょう」

ところが、もともと県の役人である筒井は、県議会の意向に縛られているらしく、

「これは過大な要求だ。もっと要求額を縮小するように」

と言葉少なく言い終わると、ローレッツの視線から逃れようと横向きに座って、煙草をふかし始めた。

言を左右してはっきりしなかったが、筒井の言い分はこうであった。

山形県議会は医学寮の経費が莫大であり、県の予算を圧迫していることを常に攻撃して

いる。多くの県会議員は、県立病院は必要であり、その設置はかまわないが、医学寮での医師養成は、それにかかる費用を考えると投資に値しないと主張している。だから今は予算を取るのは無理だと言うのだ。

「それは県議会の認識不足だ。もっと医学寮の存在意義を県議会に説いてくださいよ。館長、いいですか、いまだに県内のほとんどの医師は漢方医ですよ。県内で西洋式医学の教育を受けた医師を養成することは、とても大切なことなのです」

筒井は鼻白んだ表情で相変わらず横を向いており、ローレッツの熱意は空回りを続けた。

「館長。最低、これくらい設備を整えないとだめだ。今のままでは、まともな医師が育ちませんよ」

ローレッツは理解しようとしない筒井に苛立《いらだ》っていた。

ぬらりくらりと逃げを打つ筒井に業を煮やして、ローレッツはすでに顔面が怒りで膨れ上がり、唇は紫色に変色して痙攣を繰り返していた。癇癪を起こしているのは明らかであった。

「館長。あんたはいつもそうだ。まともに問題に向き合ってくれない。それでいいのか」

自分が尋常でない怒りを込めて言っているのが伝わるはずだと信じて、ローレッツは熱意を込めて筒井に迫った。

筒井は貝のように黙り込んでしまった。故国ではかつて出会ったことのない、理屈の通らない不思議な人種を見たというように、ローレッツは筒井を冷ややかに見つめた。

それでも筒井は会話に応じず、一向にその態度は変わらなかった。時には愚直ともいえる官吏である筒井は、とんでもない高給をもらいながら、しょっちゅう欠勤するローレッツに対して、個人的な嫌悪感を抱いているようであった。

ついに怒りのやり場を失ったローレッツは、急に立ち上がると、書類をテーブルに叩きつけて、

「もういい。県令に直訴するまでだ」

と言い捨てて、足早に館長室を出た。

自室に戻ると、ローレッツは思わず閉めたばかりのドアを蹴り上げた。悪いことに柔らかい靴を履いていたので、つま先が飛び上がるほど痛んだ。ローレッツは顔をしかめて意外に頑丈なドアに呪いの言葉を投げかけた。ローレッツはひとまず気分を鎮めようと、がっしりした回転椅子にゆっくりと腰を落とした。

「全く理屈が通らん。あきれ果てた男だ」

都合が悪くなると、沈黙を決め込んで聞く耳を持たないように見える筒井に、ローレッツは憎悪さえ感じていた。筒井は小柄なわりに態度が大きく、彼のつるりとした顔は何とも尊大に見え、西洋人に比べて表情が乏しいだけに心理が読み取りにくいことから、彼は不気味ささえ覚えていた。

個々の案件について、ローレッツが具体的に可能性を議論しようとしても、筒井からは全く返答がなかった。これはここまで譲歩できるなど、互いに妥協点を見出す努力をすべきではないかと何度も説得したが、筒井は顔を俯けて身動きしなくなった。何とか議論の糸口を見出せないかと観点を変えて話しかけるが、かえって心をこじ開けようとされると感じるのか、筒井の態度はより頑なになっていくようであった。

明らかに筒井も彼をおぞましいと考えている様子であり、最悪の状況に陥ってしまった。従兄ペーターの死のショックから立ち直り、将来に対する不安やしがらみから逃れ、新しい生の目標を得ようとはるばる極東まで来たローレッツであったが、そこで不条理としか思えない実りのない押し問答を繰り返すことは、全く不本意であった。このような体たらくからして、ローレッツはこの国では物事が何も決まらないのではないかという疑念さえ持ち始めていた。

ローレッツはしばらく机に両手をついてうずくまっていたが、頭痛と動悸が治まると、気を取り直して立ち上がり、窓から濃い緑に覆われた蔵王連峰を眺めた。こうして大自然に向き合うと、オーストリアの山々が懐かしく思い出された。

気持ちが落ち着き始めたローレッツは、恩師ビルロートの言葉を反芻していた。

「物事はその流れのままにしておきなさい。君が持てたかもしれない状況について、幻想を抱いて、惨めな思いをしてはいけない。私にもそんなことがあったので、君の気持ちはよく分かる。私のウィーンでの最初の一年も、バラ色というわけにはいかなかった。君の仕事、君の研究、君を頼りにしている人々に関心を持ちなさい。物事をもっと気楽に考えなさい。来るものは必ず来る」

来るものは……必ず来る。

そうだ、今、この瞬間を大切にしよう。先々のことのために、必ずしも今があるわけではない。ローレッツは自然の流れに身を任せようという気になってきた。

8　紅花

堂本家は城砦を思わせる石垣の上にあり、その敷地は一万坪に及んでいた。そこに大きな茅葺《かやぶ》き屋根の屋敷があり、居間、中の間、仏間、奥座敷、客座敷、土間、召使部屋など多くの部屋があった。さらに立ち並ぶ土蔵、牛馬小屋、作業小屋などがあり、それに何とも広大な庭があった。敷地内には菩提寺まであり、明治の御代になって斜陽化したといっても、堂本家が全盛期にいかに繁栄していたかが偲《しの》ばれるほどであった。

ローレッツは仁左衛門の退院後、たびたび往診のためにこの広壮な堂本邸を訪れていた。この往診は仁左衛門からの依頼ではなく、ローレッツが自ら申し出て行っていた。

堂本家で特にローレッツの興味をひいたものは、奥座敷にかけてある朱色の打掛《うちかけ》であった。ローレッツが仁左衛門に尋ねてみると、紅花で染め上げられたもので、彼の祖母が嫁入りの際に身に纏った打掛だとのことであった。この厚地の絹の紅色は、見る人の目を引きつけずにおかない鮮やかさであった。紅が時を経て朱となり、何とも形容しがたい風合いを醸し出していた。この朱のなかに、この片田舎にひっそりと生きる人々が奥に秘めた雅《みやび》やかな一面を、ローレッツは垣間《かいま》見た気がしていた。

今も仁左衛門の居室で診察を終え、ローレッツは仁左衛門と寛いで談笑していた。彼にとって仁左衛門と過ごす時間には得難いものがあった。

「以前からお聞きしようと思っていたのですが、ローレッツ先生、私どもの胃がんの原因は何だとお考えですか？」

仁左衛門は死出の土産に知りたいと言うように、今しがた妙が運んできたよく冷えた西瓜《すいか》を頬張っているローレッツに問いかけた。ローレッツは西瓜の甘みを味わいながら俯きかげんに考えていたが、一気に呑み下すと背筋を伸ばした。

「堂本さんは、親子が体つきや声がよく似るように、胃がんに罹りやすさも親から子へ、またその子へと引き継がれるものと、お考えなのではなかったですか。入院中に確かそのようにお伺いしたように記憶していますが」

仁左衛門は自分の意見はどうでもよいから、早くローレッツの考えを聞きたいというように窪んだ目を輝かせた。

「これは私の思いつきで、確かなことではありませんが、胃がんが長年かかって発病する流行《はや》り病のひとつだとしたらどうでしょう。もちろん西洋医学にもこのような考えはありませんが……」

ローレッツは夢を見ているだけかもしれないとも言った。仁左衛門はローレッツの話している意味が理解できないらしく、傍に控えている妙と顔を見合わせていた。

「堂本さん、ローレッツ先生はこう仰っています。もし胃がんが流行り病なら、衛生状態を良くすることで、この国の多くの命を救えるのです」

朝山は通訳をしながら、仁左衛門に向かって大きく頷いた。

「それは、それはなんとすばらしいことではないですか。いつかは分からないが、わが一族が宿痾から解き放たれる日が来るとは……。たとえそれが儚《はかな》い夢であったとしても、私は縋りつきたい」

ローレッツは、仁左衛門が疫学調査について理解できるとは期待していなかったが、仁左衛門がそれらしい様子を見せたので、内心の驚きを隠して微笑んだ。

ローレッツはウィーン時代に感染症に対する疫学調査を手伝った経験があり、さらに来日してからも、愛知公立医学校時代に朝山らと名古屋で流行していたコレラの疫学調査を行っていた。ローレッツはその経験を生かすつもりだった。

「私は糞便中のある種の細菌によって井戸の水が汚染され、その井戸水を飲んだ人の胃に感染が起こると考えています。もしそうであれば、井戸と便所の距離が近いほど感染が起こりやすいはずです。しかもその感染が長年にわたって持続すると、胃がんを引き起こすのではないかと推測しています。

したがって、私の考えが正しければ、その家の井戸と便所の距離が近いほど、その家族に胃がんが多かったはずです。そこでこの私の推測が正しいかどうかを確かめるために、独自にどこかの村で調査をしたい。具体的には、各家庭に出向いて胃がんに罹った家族について聞き取りをするだけではなく、巻き尺を持参して井戸と便所の距離を測ろうと思っています」

「その調査とやらを、どこで行われるおつもりですか？」

仁左衛門は大切なことを知りたいというように、居ずまいを正した。

「まだ決めていません。すべてはこれからですよ」

ローレッツは頬を赤らめた。今の今まで胃がんの疫学調査ができるとは、正直なところ考えていなかったのだ。

「ローレッツ先生さえよろしければ、わが在所の村でおやりになりませんか。その方が何かと手間が省けるというものだ。ぜひお役に立ちたい」

仁左衛門は力強く言った。聡明な仁左衛門は、ローレッツが始めようとしている疫学調査の意義を理解できたようであった。

「堂本さん、それは本当に有り難いことです。予想通りの結果が出るか分かりませんが、試してみる価値はあります」

ローレッツは仁左衛門の申し出に心から感謝して、日本式に深々と頭を下げた。仁左衛門に背中を押されて、胃がんの疫学調査が実現することになった。


済生館では朝山の陰に隠れて目立たない丸山道彦であったが、今回の調査に自ら志願していた。そこで館医丸山が中心になり、医学生三人と丸山自身を入れて、四人で農家百軒を訪ねることになった。

ローレッツが研究に貴重な時間を割くのは、いつか患者にその成果を間接的にでも還元できることを願ってのことであった。同時に観察力や論理的な考えを身につけることができるので、日常の診療にも役立てられるとも考えていた。

丸山はこのローレッツの考えに共感していた。この研究に積極的に参加することで、丸山は大げさに言えば新しい歴史に向かって歩み出すような高揚感を味わえているようであった。

夕暮れ時、堂本家の客間では蛙《かえる》の鳴き声に阻まれながら、ローレッツのくぐもった声が聞こえた。

「そうすると丸山君らの依頼は、ほとんどが断られたということか」

診療を終えて済生館から馬で駆けつけてきたローレッツが、すっかり日焼けした丸山から調査の進み具合について報告を受けていた。ローレッツの鼻のあたまが少し赤くなっていた。胡坐のかけないローレッツは、畳の上に両足を投げ出して、力なく座っていた。かなり意気込んで駆けつけてきた様子で、その落胆ぶりは明らかであった。床の間にある時計が時を刻む音が異様に大きく感じられた。

丸山が村の家々を訪ねた時の状況を語りだした。

夜が白々と明け始めていた。袴の紐《ひも》を締め直すと、丸山は背筋を伸ばし、さあ出かけようと医学生たちに声をかけた。医学生の一人が「済生館医学寮」と染め抜いた幟《のぼり》を誇らしげに押し立てていた。家々への訪問は、野良仕事の前後、早朝か夕刻に集中して行うことにしていた。堂本家の門を抜けると、さわやかな風が少し色づきだした稲を揺らした。一同は良い日になりそうな予感に満たされていた。

荒れた畑地の片隅に、わずかばかりの黄色い花が咲いていた。菊のような葉に針のような棘《とげ》がついていた。この黄色い花が紅花と呼ばれ、かつて紅花商いはこの村山地方の一大産業を為《な》してきた。丸山が子供の頃は、辺り一面が紅花の黄色い花で覆い尽くされていた。明治の世になり、染料としての紅花の需要が少なくなると、どんどん生産量が減ってきて、紅花の生産農家は大きな打撃を蒙《こうむ》ったことを丸山は肌で感じていた。ついに近頃ではほとんど見なくなってしまった。

丸山は医学生たちに過ぎ去った日々の情景を語った。

かつてこの時刻に村を歩くと、農家の若い娘たちが、歌いながら紅花を摘んでいる姿がどこでも見られたものだ。娘たちは棘に刺されて指が腫れるから、もともと花摘みを嫌がっていたらしい。そこで朝露が葉を濡らして、棘が柔らかい明け方に花摘みをしたということだ。

この朝、村人にとって顔馴染みである堂本家の手代、由蔵が丸山らに付き従っていた。

菅笠《すげがさ》を目深にかぶった由蔵は、わずかに咲く紅花を見つめて、亡くなった子供の歳を数える親のような複雑な表情をした。

由蔵が当時の情景を懐かしそうに振り返った。

「朝霧の中で、紅花畑に花摘みの娘たちの笠が行き交う様は、何とも風情がありやした。紅花は土地見知りをするのです。まことに世話が焼ける花でしてね。この村山でしか採れやしません。それが今じゃ、この体たらくでして……」

由蔵によると、この地方が紅花の栽培に適していたのは、土地が肥沃で酸性が強いからであった。しかも梅雨期の降雨量が少なく、一方では最上川を本流として、東西から多数の支流が流れ込んでいるので、六、七月には自然と朝霧が多く発生することに与《あずか》っていた。

「朝霧の精を受けて、紅花が育《はぐく》まれたということかな」

由蔵の紅花にまつわる蘊蓄《うんちく》に応じるように、現実家の丸山にしては珍しく詩的な感想を洩《も》らした。

町医者の家に生まれた丸山は、間近に見る農家の暮らしの貧しさに驚かされたらしい。しかもやたらと皮膚病や眼病が目についた。ローレツが住民の衛生観念を向上させる必要性を県当局に常々訴えていたが、丸山はそのことを今回の調査で如実に実感していた。しかし村民の表情は明るく、衣服は粗末であるが清潔であり、室内の衛生状態もよく保たれているようであった。

最初の農家を訪れた時のことであった。「兵さん」と呼ばれる、中年の痩せた農夫が井戸端で農具を洗っていた。

「よく精が出るね。これから野良仕事かね。悪いけど、ちょっと聞かせてくれんかね」

由蔵が声をかけ、手短に事情を説明した。

農夫の表情から察して、丸山には話の内容を必ずしも理解できたとは思えなかった。ところが意外に腰を屈めて人懐っこい笑顔を向けたので、丸山は協力してくれるものと早合点した。

それは有り難いと言いながら、丸山は嬉しそうな声を出して、日焼けした農夫に礼を言った。しかし農夫は笑顔で手を横に振りながら、頭を繰り返し下げるだけで、同意する気配が感じられなかった。それでも丸山は諦められず、自ら説明を繰り返したが、農夫は頭を下げ続けるだけで埒《らち》が明かなかった。

これは長年の間に身についた婉曲的な断りの表現であったが、街で育った丸山は兵さんと呼ばれた農夫の意図を理解できず、苛立ち始めていた。由蔵が見かねて、丸山と農夫の間に割って入った。

「丸山先生、無理強いしたらだめだ。今日は引き揚げた方がよろしいようで」

と、厳しい顔を向けた。由蔵の目は農民と悶着《もんちゃく》を起こさないようにと訴えていた。なおも諦めきれない丸山は、汗を拭きながら、「また来ますから」としぶしぶ言い残し、引き揚げることにした。

「手間を取らせてほんに済まなかったね」と、由蔵は困惑している農夫に深々と頭を下げた。

農夫がとんでもないと言うように笑顔を返すと、由蔵はほっとして丸山らの後を追った。

「彼らは警戒心が強いのか、なかなか協力が得られません。由蔵さんもいろいろと口添えしてくれたのですが……」

丸山は肥満体をすくませながら額の汗をぬぐった。三人の医学生たちも部屋の隅で小さくなっていた。丸山によると十軒回って、話が聞けたのは一軒だけであった。

「なかなか、用心深い奴らでして……」

いつの間にか堂本と書かれた法被《はっぴ》を着た由蔵が控えの間で律儀に座っていた。長年の村回りで真っ黒に日焼けして深い皺が縦横に走った顔は、追い返されなかっただけでも儲《もう》けものだと語っていた。

「一軒でも話が聞けたということだから、そう悲観することはないと思うな。きっと何のために君らが来たのか、理解できなかっただけかもしれない。突然、大の男たちに巻き尺を持って押しかけられたら、驚くのも無理ないさ」

ローレッツよりも遅れて現れた朝山は、自らをも納得させようとするかのように、砂埃《すなぼこり》で白くなった頭を前後に振りながら丸山らを励ました。互いに気心を分かり合えるようになっていたので、朝山はローレッツの前でも忌憚《きたん》のない意見を言うようになっていた。朝山には落胆しているローレッツや丸山らの気持ちを慮《おもんぱか》るやさしい表情が表れていた。

ローレッツは言葉数少なく座っていた。居合わせた誰の目にも、農村の事情に疎いローレッツには良い思案はなさそうに見えた。

「朝山君の言う通りかもしれないね。とにかく丸山君たちは訪問調査を続けてほしい。よろしく頼むよ」

ローレッツは弟子たちとのやりとりで何とか気分が落ち着いたように見えた。その途端に腹が減ったというように、襖《ふすま》の向こうを窺おうとした。勘の良い由蔵がすかさず立ち上がった。

とっぷりと日が暮れて、涼風が客間を通り抜けた。

数週後の夕暮れ近くになって、ローレツが再び朝山を伴って堂本家にやって来た。

由蔵が客間のランプに灯を点《とも》すと、ローレツはあまり期待していない様子で素っ気なく、

「ところで、何軒ぐらい調査できたのかね」

と丸山に水を向けた。

「予定の四割ぐらいですね。この調子で行くと結果を出せそうです」

丸山は日焼けで三度目に皮膚が剝がれ始めた胸を拳で叩いた。

「随分と捗《はかど》ったじゃないか。良い手でも思いついたのか」

ローレツにとっては、予想以上の成果であったらしく、自然に顔が綻んだ。

「堂本さんから教わったのですが、毎日、村に顔を出すようにしたのです。時には農作業も手伝いました。今回の調査が成功するかどうかは、先生が言われたように、村人たちの信頼をいかに得るかにすべてがかかっていますからね。正直に言って、心の片隅ではこれが医者のすることかと思うこともありました。しかし、そのおかげで村の人たちも打ち解

けてくれるようになりました」

丸山は名のごとく丸顔で、笑うと頬に小さな笑窪が出来たが、どちらかというと人懐っこい顔をローレッツに向けて、村を訪問した時の状況を説明した。


丸山らが顔見知りになった村人の家々を訪ねると、以前とは打って変わった親密な応対を受けるようになり、村人たちと打ち解けた雰囲気で話を聞くことができるようになっていた。


家々には老人が多かったが、彼らは粗末であっても清潔な身なりをしていて、家族から大切にされていた。それぞれの農家には質素であったが仏壇があり、いずれも花が手向けられていて、丸山らに村人たちの祖先を敬う心が伝わってきた。

「堂本家の主立った小作人である、庄吉さんのところに行った時のことです。庄吉さんは、お袋さんが血を吐いて死んだ、腹が痛い痛いと言い続けて、とても可哀想だったと話してくれました。庄吉さんは目を潤ませていましたが、それでも母親との好ましい記憶をたどるように、唇に自然な微笑を浮かべていました。

私は庄吉さんの表情に、素朴だけど深い敬虔《けいけん》さを感じて、その横顔をしばらく眺めていました。その時、雲間から夕日が顔を出し、家の中に赤みを帯びた光が注ぎ込んできたのです。私は柄にもなく心が満たされるように感じて、そこにずっと座っていたいという誘惑にとらわれそうになりました」

「それはすばらしい経験をしたね。ともかく丸山君、お手柄だよ」

と言うと、ローレッツは急に勢い込んで、

「ところで丸山君、今の時点でよいから、調査から何か見えてくることはないのか」

と促した。

丸山は座り直して、この数日考えてきたことを披瀝した。

「一つは驚くほど胃がんが多いことです。これは思っていた以上でした。もちろん、胃がんというのは、われわれの聞き取りで症状から推測したものです。二つ目は患者には男が多く、三つ目は、これはまだはっきりしませんが、便所と井戸が近い家ほど胃がんが多い気がしています。ひょっとすると先生の予想が当たっているかもしれません。でもまだ気が早すぎますよ、結論を出そうとするのは」

丸山は自らのはやる心を抑えるように、低い声でゆっくりと言った。

突然、朝山が大声で、

「丸山君、それは期待が持てそうだ。頼りにしているぞ」

と話に割り込んできた。そのタイミングのよさに丸山は小さいが陽気な笑い声を上げた。

そこには達成感が滲《にじ》み出ていた。

別の明るい若い声が客間に響いた。

「ローレッツ先生。丸山先生は、便所の窓から水をぶっかけられたのですよ」

医学生の中で最も若い八代《やしろ》は、まだ髭も生えてない顔いっぱいに口を開けて笑った。

「キャー、出歯亀。便所さ覗いて、何すんだあ」

三十歳を過ぎて医学寮に入学した吉田は、若い女の声をまねて囃したてた。

「馬鹿だなあ。誰か便所を使ってないか、確かめてから測量せんか」

朝山はそう言うと、腹を抱えて大仰に仰け反ってひっくり返った。

日焼けで逞《たくま》しさを増したローレッツは、自らの仮説がいずれ実証されるかもしれないと感じているように、上半身を反らせて顎髭をゆっくりと撫でていた。ローレッツはここにきて気を許せる仲間を得ることができて、彼らとともに仕事をできる喜びに浸っていた。

ローレッツは仁左衛門の往診のために、堂本家をしばしば訪問し、時には引き止められて数日滞在していた。堂本家に滞在中は日に何度でも仁左衛門を見舞っていたが、その病状は坂を転げ落ちるように悪化していた。

その日も診察を終えた後、ローレッツと朝山は控えの間で冷えた番茶を飲んで寛いでいたが、開け放たれた居室から仁左衛門親子の差し迫った会話が聞こえてきた。

午後の陽射しが室内に照りつけ、仁左衛門の居室はうだるような暑さになっていた。床の間には立派な床柱が立ち、違い棚には蒔絵《まきえ》がほどこされ、控えの間との間に見事な透し彫りの欄間があった。この豪華な部屋の主は、先ほどから夏物の敷き布団の上に正座し、腕組みをして考え込んでいた。腕は痩せ、薄物の浴衣の下にある肩の骨は異様に突き出ていた。

「先祖伝来の田畑を、売るしかないか」

仁左衛門は嫡男仁一郎に問いかけた。額には脂汗が滲んでいた。主の身を案じた五兵衛は横になるように勧めたが、仁左衛門の耳には入らないようであった。堂本家には県から途方もない民税が課せられていたために、済生館を退院して以降、仁左衛門は死力を奮って納税の資金を手当てしていた。

「屋敷と田畑、すべてを物納して、裸になりましょう」

妙が堪らず言葉を挟んだ。仁左衛門は妙に優しい眼差しを向けたが、ゆっくりと首を横に振った。その表情には何としても民税を納めるという決意が漲っていた。

「親父殿。県内で資金を調達するのは、もう無理じゃ」

仁一郎は連日炎天下に金策のために奔走しており、母親似の色白の肌を真っ赤にしていた。すでに県内の資産家たちは、三島の土木工事への賦課に喘いでおり、堂本家に資金を融通する余裕はなかった。

「東京の事業家が土地を買いたいと言って来ているではないか。彼らに一切合財の田畑を売ろう」

仁左衛門は吐き捨てるように言った。

「彼らは、飢えた狼だ」

仁一郎は受け入れられないというように、立ち上がって部屋を出ようとした。

「買い叩かれるのは……覚悟のうえだ」

嫡男の若々しい背中に決意を告げると、仁左衛門は横に控えた大番頭の五兵衛に土地売却の商談をすすめるように伝えた。仁左衛門は妙に手伝わせて横になると、妙と五兵衛に無言で震える背を向けた。

郵便はがき

料金受取人払郵便

新宿局承認

3971

差出有効期間
2022年7月
31日まで
(切手不要)

1 6 0-8 7 9 1

141

東京都新宿区新宿1－10－1

(株)文芸社

愛読者カード係 行

お名前《ふりがな》			明治 大正 昭和 平成	年生 歳
ご住所《ふりがな》	□□□-□□□□			性別 男・女
お電話 番 号	(書籍ご注文の際に必要です)	ご職業		
E-mail				
ご購読雑誌(複数可)		ご購読新聞		新聞
最近読んでおもしろかった本や今後、とりあげてほしいテーマをお教えください。				
ご自分の研究成果や経験、お考え等を出版してみたいというお気持ちはありますか。 ある ない 内容・テーマ( )				
現在完成した作品をお持ちですか。 ある ない ジャンル・原稿量( )				

書　名				
お買上 書　店	都道 府県	市区 郡	書店名	書店
			ご購入日	年　　月　　日

本書をどこでお知りになりましたか?

1.書店店頭　2.知人にすすめられて　3.インターネット(サイト名　　　　)

4.DMハガキ　5.広告、記事を見て(新聞、雑誌名　　　　)

上の質問に関連して、ご購入の決め手となったのは?

1.タイトル　2.著者　3.内容　4.カバーデザイン　5.帯

その他ご自由にお書きください。

(　　　　)

本書についてのご意見、ご感想をお聞かせください。

①内容について

②カバー、タイトル、帯について

弊社Webサイトからもご意見、ご感想をお寄せいただけます。

ご協力ありがとうございました。

※お寄せいただいたご意見、ご感想は新聞広告等で匿名にて使わせていただくことがあります。

※お客様の個人情報は、小社からの連絡のみに使用します。社外に提供することは一切ありません。

■書籍のご注文は、お近くの書店または、ブックサービス(0120-29-9625)、セブンネットショッピング(http://7net.omni7.jp/)にお申し込み下さい。

ローレッツがある朝早く朝山を伴って仁左衛門の居室を見舞うと、痩せ衰えてはいたが、生きる気力をいまだ失っていない患者は縁側に出て庭を眺めていた。

ローレッツがその凛とした姿に驚いて近づくと、仁左衛門は人の気配を察して振り向いた。ローレッツだと分かると、主治医の前ではいつもそうであったが、この広壮な屋敷の主でもある患者は居ずまいを正して、少しばかり張りのある声を出した。

「早朝に限って言えば、おかげさまでいくぶんか体調が良いようです」

ローレッツは仁左衛門の横に座ると、縁側から長い足を投げ出した。朝の陽射しがすでに足元まで来ていた。

「それはいい。朝食も少しは摂ってくださいよ」

早朝の涼しい風が部屋を吹きぬけるのを楽しみながら、ローレッツはゆったりと話しかけた。

「ええ。つい先ほどですが、先生から教わったように作らせた食事を、半分ほどいただきました」

ローレッツは丁重に会釈を返したが、その表情には冴《さ》えないものがあった。仁左衛門は、昨夜来のローレッツの思案を鋭く感じ取ったようだ。

「ローレッツ先生。先日、今後の医制の改革に向けて、済生館の整備・拡充をなさりたいとおっしゃっていましたね。あの時には確か三島県令に談判するつもりだと伺いました。その後の首尾はいかがでしたか。私も患者の一人として気にかかっています」

「はい、おっしゃる通り県令に談判しました。結果から言いますと、しばらく待ってくれとのことでした。今は栗子山隧道の工事に多額の県予算を割いており、医学教育の充実は後回しだと言われました。それでも工事が完了すれば、必ず予算をそちらに回すとの返答でした。しばらく辛抱しろということでしょう。それとは別に甲種医学校としての認定については、県令は政府の枢要に働きかけてくれると胸を叩いていましたが……」

ローレッツは不安そうな顔をした。せっかく東北地方に根づき始めた西洋式の医学教育を無駄にはしたくなかった。

庭にある百日紅《さるすべり》の木に咲くたわわな深紅が、早朝のやわらかな光に映えて、見る者の気持ちを引き立てていた。どれほどの歳月を経てきたのか分からないが、大きな瘤《こぶ》が老人の背中のように幹を歪《ゆが》め、樹皮は所々で剝がれ落ちていたが、それでも大きな存在感を持って立っている。二人は黙って百日紅を見つめていた。

「まだ私が若い頃のことですが、満開の百日紅が出入りの庭師に剪定《せんてい》され、朝気がつくとほとんどの花がなくなっていたのを見て、なんと心ないことをするものだと嘆いたことがありました。ところが次の年になると、小さな花芽が無数に出てきて、やがて前にも増して花をたわわにつけた百日紅を目にして、驚かされたことがあります」

仁左衛門は古い記憶を思い出して感慨深げであった。小さく頷くと、ローレツの目元が緩んだ。

「ところでローレツ先生は、村山地方に来られてから、紅花が咲くのをご覧になったことがありますか？」

百日紅の花の色からの連想で紅花の記憶が蘇《よみがえ》ったかのように、仁左衛門は華やかな過去を懐かしむように目を細めていた。

「堂本さん、あの染料の原料になる花のことですか？　私はほとんど見かけないですね」

ローレツはこの地に来てからの記憶を呼び起こしたが、紅花を見たのはせいぜい一度か二度であった。

「明治の御世になって、外国から染料が安く入ってくるようになりました。おかげで紅花はさっぱり商売にならなくなって……」

いたずらに過去の繁栄を懐かしむような自らの愚痴に気づいたらしく、仁左衛門は言葉を呑み込んだ。

「私も耄碌《もうろく》したものだ」

哀しそうに微笑んで、仁左衛門はローレッツにゆっくりと頭を下げた。

「過去を懐かしむのは悪いことではないでしょう。そこには私たちの人生のすべてが残されていますから」

蟬の鳴き声が一瞬消えた。二人の前を丸山と医学生たちが、村々を回るために神妙な顔で会釈しながら通り過ぎて行った。皆あきれるほどに陽に焼けていた。丸山らが自然と歩調をとっているのがおかしかったらしく、ローレッツは愉快そうに手を挙げて応えた。仁左衛門も楽しげに答礼をして彼らを送り出した。

「皆さん、精が出ますね。丸山先生らの努力には頭が下がります」

ローレッツは頷いて、

「本当に、よくやってくれています」

と心の底から賛意を表した。ローレッツの横顔に部下や医学生に対する慈愛に満ちた平穏さがあった。結果を追い求めるよりも、彼らとともに仕事をすることを楽しんでいるかのようであった。

「先生も変わられた」

　仁左衛門はローレッツに聞こえないように呟いた。


　昼下がりに村回りから帰ったばかりの丸山が、慌てて客間に駆け込んできた。

「先生、大変なことになりました。何とかしないと、胃がんの疫学調査ができなくなってしまいます」

　丸山は青ざめた顔で、先ほど届いた筒井館長からの手紙を見せた。

「即日、済生館に帰院し、勤務に服すべし。これに違反すれば、解雇処分にすると書かれてあります。学生たちも立ち戻らなければ、退学処分とするとあります。先生、いかがいたしましょうか」

　ついに筒井が業を煮やして強硬手段に出たらしく、ローレッツに決断を迫ってきた。丸山は無言で筒井の手紙を握り潰した。

「私はそれでも構わないのですが、でも学生たちは戻さないと……」

丸山は独力で調査を続けるつもりのようであった。

「丸山君、学生たちを連れて、即刻、済生館に帰院したまえ。当然のことだが、君たち若い人の将来を閉ざすなどというのは、私の本意ではない。われわれの胃がんの調査は後世の人たちに委ねればいいのだよ、丸山君。いつの日か君たちの努力は報われると、私は信じているからね」

ローレツはきっぱりと言い放つと、丸山の肩を親愛の情を込めて揺さぶった。丸山は小刻みに頷くと、大きく吠《ほ》えた。

夕刻、丸山は村々を回る際に掲げていた、「済生館医学寮」と染め抜かれた幟を丁寧に折りたたみ、大事そうに懐に入れると、うなだれる学生たちを連れて堂本家を後にした。

ローレツは愛惜の情を込めて見送った。

9
静

行灯の明かりは独特の陰影をもたらすと、仁左衛門の横顔を眺めながらローレッツは気づいた。

医師として、自然光の中で患者を観察することを信条としてきた。皮膚の色一つにしても、患者の病状により変化するが、そのわずかな変化を見逃さないために、午前中の明るい診察室で患者を診ることを医学生に教えてきた。余計な陰影を取り除き、真正面から身体を観察することで、わずかな貧血、皮膚の乾燥、小さなシミ、これらの微細な変化を見逃さないように診察することができた。

しかしローレッツは、明るい太陽の光で何かが掻き消されているとも感じてきた。仁左衛門は布団の上に正座していたが、行灯の光が二人の周りを包み込むように照らしていた。行灯の光は部屋の隅までは届かず、次の間は闇に閉ざされていた。仁左衛門の横顔から細かな表情を読みとれないが、ローレッツは行灯の淡い明かりで照らされている仁左衛門の存在そのものが今そこに在ると感じていた。仁左衛門の存在が行灯の焔《ほのお》とともに溶け出して、ローレツの身体に染み込んできて広がっていくような不思議な感覚であった。

「そうか、私はあなたでもあったのか」

「先生、今、何かおっしゃいましたか」

仁左衛門は怪訝そうな顔で尋ねた。

ローレツは応えず、気を取り直すように、仁左衛門の診察を始めた。すると頃合いを見計らったように、妙が二人の女子衆《おなごしゅう》に一本ずつ燭台を持たせて部屋に入ってきた。四本の蝋燭《ろうそく》の灯《あか》りで室内は明るくなって診察がしやすくなったが、ローレツはたまさか得られた仁左衛門との間の不思議な共感が消え去った気がした。

「ローレツ先生。旦那様の食が日増しに細くなってしまっています。この暑さに耐えられないのではないかと……」

妙は全身で不安を訴えていた。

「妙。先生を困らせるのではない。よく分かっていようが……」

仁左衛門は苦笑いを浮かべながら言ったが、その目には慈愛の色が宿っていた。

翌朝、ローレツが堂本家の庭を散歩していると、離れ座敷から若い女性の声が聞こえてきた。聞きなれない声であったので、興味をそそられたローレッツが生垣の陰から座敷を垣間見ると、縁側で妙齢の女性が里山で手折ってきたらしい黄色い花を生けながら、侍女と思しき二人と談笑していた。

長い髪をローズ色のリボンで束ね、年齢のわりには地味な柄の和服を着ていた。日本人にしては肌が抜けるように白く、と言っても白人であるローレッツからすると淡いレモン色に見えたが、嫋《たお》やかであるが凛とした容姿は余人を近づけない気品を備えていた。

母屋の中庭に戻ると、ローレッツは黙っていられなくなって、ちょうど居合わせた仁一郎に離れの女性について尋ねた。

「仁一郎さん。あの女性はどなたですか？」

賓客からの突然の問いかけに、仁一郎は一瞬言葉を失ったようでしばらく沈黙していた。どうやらあまり口外したくないようであった。

「静《しず》様のことですか？　先生はもうお会いになりましたか？」

仁一郎の控えめな説明によると、彼女は県内にある製糸工場の経営者の娘で、家族は東京に在住していたが、生来蒲柳《ほりゅう》の質とのことで東京の環境に適さず、堂本家に静養を兼ねて寄寓《きぐう》しているとのことであった。

ローレッツにとって、彼女には今まで出会った女性とは全く違った雰囲気があった。近代的な教育を受けた女性を東京などで見かけたことは幾度もあったが、仁一郎が静と呼んだ女性は、彼女らとも異なっており、この世の人ではないような、心があるべきところに定まっていないような不思議な印象を与えていた。

「どこか身体の具合が悪いのですか？」

ローレッツは、この引き込まれるような魅力を持つ女性のことを図らずも詮索していた。

「いや、特段には……。ただ、父には内緒ですが、静様のお父上に民税に当てる資金の援助を願い出てはと……」

言葉を濁して黙礼すると、仁一郎はこれ以上は勘弁してほしいと背中で訴えるようにして母屋の中に入って行った。

夕食後、腹ごなしにローレッツが庭に出ると、縁側で独り夕涼みをしている静を見かけた。静の憂いを含んで物思いに沈む表情は白人女性には見られないものであり、ローレッツはその楚々《そそ》とした風情に惹《ひ》きつけられ、その場に釘づけになった。

「お晩です」

ローレッツは思わず声をかけてしまった。深い想念から呼び戻されて、静は怪訝な表情をしてこの外国人を見上げた。それでもか細く、「こんばんは」と答えて、軽く小首を傾げた。

「初めまして。ローレッツと申します」

自身の日本語力を心許《もと》なく感じていたので、ゆっくりと自己紹介した。

ローレッツは普段から診療や講義ではドイツ語を話し、朝山ら医員に通訳させていたが、実際にはかなりの程度に日本語を話すことができた。それは横浜で住民を対象に診療していた時、必要に迫られて日本語を覚えるようになっていたからだ。しかし彼にとって外国語である日本語での会話で何らかの不都合が生じることを恐れるあまり、済生館では日本語を話せることを気取《けど》られないようにしていた。

静は東京で外国人を見慣れているらしく、彼を見ても慌てる様子はなかった。

「私は医師ですが、この家に往診に来ています。二、三日……滞在するつもりです」

ローレッツはなぜ自分がここにいるのかを明かした。

「静と申します。ゆえあって、この家に逗留しています」

と静は軽やかに応えた。ローレッツは会釈を返して、そのまま散歩を続けることにした。

ローレッツが池から流れ出るせせらぎを跨ぐ石橋に立って、闇に包まれた築山の方を見ると、無数の小さな光が点滅していた。目が慣れてくると、そこには蛍の大群が飛び交っているのが分かった。一見無秩序に見える点滅が、全体を俯瞰《ふかん》すると同調しているように見え、見る人ごとに何らかのメッセージを感得させていた。

庭を一巡した頃、ヤブ蚊が出始めたので、取りとめのない考えに飽きてきたローレッツは早々に散歩を切り上げることにした。自室に戻る途中で離れの前を通り過ぎたが、静は奥座敷に引き揚げたのだろう、すでに灯りは消されていた。かすかに若い女性の歌う声が聞こえていた。耳をすますと、詩のようなものを詠んでいるようだった。ローレッツは後に静からあれは和歌だったと教えられた。

翌朝、よく晴れていたので、ローレッツは仁左衛門の診察を終えると、近くの川原に散策に出かけた。済生館の人間関係に疲れていたローレッツは頭を空っぽにして休めたかった。

陽射しは強くなり始めていたが、蟬がうるさく鳴き出すにはまだ間があった。夏草が夜露を含んでズボンの裾に纏わりつき、刷毛《はけ》ではいたような淡い緑の染みが出来た。

ふと前方を見上げると、土手をゆったりと、しかし思案げに歩く白いパラソル姿があった。俯きかげんに歩きながら、蛇行するように上半身を心なしか左右に揺すっていた。ローレッツが急いで土手を駆け上ると、パラソルの女性は洋装の静であった。純白の綿布で出来たワンピースを纏っており、長いスカーフが風に舞っていた。夏の陽光は白をあくまで白くしていた。

「おはよう」

ローレッツが努めて明るい声をかけると、静が驚いたように振り向いた。

「まあ、ローレッツ先生。お散歩ですか」

静は無警戒な笑顔を見せた。ローレッツはつられて微笑んだ。

「少しのんびりとしようと思ってね」

二人は狭い土手道を並んで歩き始めた。

静は結構上背があり、物腰には臆する気配がなかった。ここがウィーンなら誰も彼女を日本人とは考えないだろうと、ローレッツは日本の女性も変わりつつあることを実感した。

「私は、ここで十分、のんびりしました」

そう言うなり静は沈み込むように沈黙した。静の目には異様な緊張があったが、表情は全体として虚ろであった。

ローレッツは静に歩調を合わせながらゆっくりと歩いた。川は蛇行しており、この辺りで流れが急になっていた。静はいきなりローレッツの腕をとると、一転して陽気におしゃべりを始めた。

「先生のお国の言葉はドイツ語でしょう？　女学校でゲーテの詩を習ったことがあります。確か女性を賛美したものでした。もちろん日本語ですけど」

形の良い鼻を少し突き出し得意そうな顔をして、静はパラソルを高くかざした。一瞬、静の顔に光が溢れ、かつて見慣れた笑顔が現れた。ローレッツは場所と時間の感覚を失い、今どこにいるのか分からなくなった。いまだ経験したことがない不思議な感覚であった。

「先生、ゲーテはお嫌いですか？」

反応を促す静の声で、ローレッツはわれに返った。

「私も彼の詩は好きですよ。もっとも私の気質とは、随分と違いますけどね」

ローレッツは何とか答えを取り繕ったが、静は見知らぬ世界を知ろうと次々と話しかけた。

ローレッツは葉を茂らせた桜並木の木洩れ日のなかを、静と二人で夢見るように歩いた。

「お国では、男女が人前で抱き合って踊ると聞いていますが、本当ですか？」

静は信じられないというように眉を顰《ひそ》めた。

「本当ですよ。ダンスと呼んでいますが、ワルツというダンスが好まれています。帝室の方々も踊られますよ」

静は驚いた表情をしたが、すぐに好奇心にとらわれたように目を輝かせた。

「私も踊れますか」

「もちろんですよ。ただ練習をする必要がありますが」

ローレッツは独りでステップを踏んでみせた。静は手を口元に当てて短く笑った。

再び並んで歩き始めたが、急に静は黙り込んだ。やがて歩きながら聞き取れない声で何かを呟き、周りには誰もいないかのように冷たい表情をしていた。ローレッツは不安にかられたが、なすすべもなく黙々と静と歩いた。

時折、静は空虚な薄笑いを浮かべた。それを見たローレッツは、「まさか……」と呟いた。

この瞬間、二人の距離が埋めがたいほど広がったかのようであった。

すでに陽は高くなり、生暖かい風が二人の間を吹きぬけた。ローレッツがふと見ると、年かさの侍女が額に手をかざしながら土手を上ってきた。

一時薄らいでいたマリアへの想いがローレッツの心に深く沁み入った。

静が馬に乗ることができるというので、一緒に山寺まで馬で遠出しようということになった。ペーターとマリアの兄妹も乗馬が得意であった。

山寺こと立石寺《りっしゃくじ》は、堂本家から街道を東に三里ほど行った山間にあった。侍女たちには内緒で、ローレッツと静は薄暗いうちに裏門を出た。

静は臙脂《えんじ》色の乗馬服を艶《あで》やかに着こなし、鞭を手にして悠然と騎乗していた。ヘルメットから長い黒髪が流れ出ていた。

ローレッツと静は並んで人影のない街道を無言で馬を駆った。朝靄《あさもや》を馬脚が切り、蹄が大地を後に押しやるようであった。静の端正な横顔は風を受けて薄紅色に染まり、しなやかな上半身は鞍《くら》の上でリズミカルに揺れていた。

ローレッツは静と馬速を合わせながら、明けゆく山並みの陰影を楽しんでいた。済生館と堂本家の往復にも馬を使っていたが、いつも気が急いており風景を眺めるゆとりはなかった。今朝の静は表情に緊張を読み取れず、むしろ寛ぎさえ感じられた。ローレッツはペーターとマリアと共にウィーン郊外で乗馬に興じた頃を懐かしみ、失われた時間を取り戻そうとしているかのようであった。

突如、静は気合を入れると、馬に鞭を当て疾走し始めた。ローレッツは静が馬に振り落とされるのではないかという不安に襲われ、慌てて静を追いかけた。静は中腰になり、さらに速度を上げるために拍車で馬の腹を蹴っていた。その後ろ姿が大きく左右に揺れてバランスを失いかけていた。

子供の頃から乗馬が得意なローレッツは、愛馬を全力で疾走させて静に追いつき、

「静さん、早く馬を停めるのだ」

と叫んだが、前方を凝視した静には聞こえていないようであった。

静は何かに操られているかのように馬に鞭を当てた。馬は猛《たけ》って首を振り、落馬寸前であった。

前方には街道のカーブが迫っていた。危険を承知でローレッツは騎乗した馬を静のそれにできるだけ近づけ、右手でその手綱をつかむと思い切り引いて馬を停めた。その反動で静の上体は馬の首にぶつかったが、ローレッツはとっさに左手を思い切り伸ばしてその肩を支えた。静の体は馬上にとどまった。

「静さん、大丈夫か？」

ローレッツの怒りのこもった声に静は正気を取り戻し、一体何が起こったのか分からない

という様子でローレッツを見つめた。

「私、どうかしまして？」

静の何事もなかったような表情を見ると、ローレッツは自分自身が白日夢を見たような奇妙な感覚を憶《おぼ》えた。静は手綱を受け取ると、ゆっくりと馬を歩ませた。ローレッツは黙って後に続いた。

「私、時々、われを忘れる時があるのです。人様には言えないことですけど……」

静は寂しそうに微笑んだ。

「自分のことが、どうでもよくなってしまって」

と言うと、困惑した表情で押し黙っていたが、

「困ったことですね」

と探るような目でローレッツを見つめた。その瞳はとてつもない不安を抱えているように小刻みに揺れていた。

何か打ち明けたいことがあるのかとローレッツが問いかけたとき、静は打って変わって明るい声を出した。

「先生見て、朝日が……」

行く手の山頂に朝日が顔を出した。朝日に照らされた静の顔を見ていると、ローレッツはふと辺りにマリアがいるような気がした。

立谷川《たちやがわ》にかかる小さな橋を渡ると、立石寺に続く石段が見えた。

陽が昇るにつれ村の人々の活動が始まった。道筋の農家の前には今朝取れたナスが山積みされていた。その前を二人は馬をゆっくりと歩ませたが、静の乗馬服とブーツのいでたちは人目を引いたようで、人々は静を指差してひそひそ話をしていた。

日本に来てからローレッツは指差されるのは慣れっこになっていた。街中でも道行く婦人たちは腰を屈めて俯いて歩いているものだが、その背筋を伸ばした姿からしても、村人には静が外国人に見えるようであった。

参詣を済ませた数人の年寄りが、石段を下りながら明るい声を上げていた。このような山深い地にも人々の営みがあって、千年以上前に元々は行者が開いた修行場はすでに人々の生活に溶け込んでいた。

手近な木に馬をつなぐと、二人は石段を無言で登って根本中堂の前に出た。

「先生、先に奥の院まで登りませんこと」

静はいたずらっぽく言った。

山門から奥の院の妙法堂まで一〇一五段といわれる石段があった。静が石段の数を数えようと言い出したので、ローレッツも童心に返って数え始めた。

古《いにしえ》の行者が修行場に選んだだけに、石段を登るにつれて深山幽谷の気に包まれ始めた。百段ぐらいまでは一緒に数えていたが、ローレッツは周りの景色に心を奪われて石段を数えるのをやめにした。少し息が上がったところで、見上げると立派な仁王門が立ちはだかっていた。

「よくもこんなところに建てたものだ」

とローレッツは感嘆の声を上げた。

相変わらず、静は熱心に石段を数えていた。深窓の令嬢なのに息も切らしてはいない。ローレッツの方が後れ気味になり、かつて落馬して傷めた右膝の関節が軋《きし》みだした。

ローレッツは仁王門で休もうと提案したが、疲れを知らない静はそのまま登り続けた。静はただひたすら石段を数え、ひたすら登っていたが、今は自分を保てているようで顔には安らぎがあった。ローレッツの肺が灼熱《しゃくねつ》感に悲鳴を上げ始めた頃、二人は奥の院に達した。

彼は人目も憚《はばか》らず、右膝を休めるために石の欄干に腰を下ろした。

「ローレッツ先生。一〇一五に三段足りませんよ」

静は勝ち誇ったように言った。

「数え間違いじゃないいか。千段以上あるのだから」

ローレッツの声は元気な静へのやっかみを含んでいた。静は絶対に数え間違いはないと言い張ったが、納得しないローレッツを尻目に、

「それでは確かめて参ります」

と言い残して、静は妙法堂の中に消えた。

ローレッツは静の稚気にあきれて制止する気にもならず、その跳ねるような後ろ姿を見送った。

数分して静はオーストリア貴族のもとに凱旋した。

「寺男に聞いて参りましたが、やはり三段足りないそうです。先生、途中で石段が壊れていたところがありましたでしょう？」

静は歌うように続けた。

「あそこが足りない三段分なのですって」

休む間もなく静は石段を下りだした。困ったことに上りよりも下りの方がローレッツの右

膝にこたえた。静は来た道をそれて再び石段を登り始めた。ローレッツは仕方なく開放感に躍動する乗馬服の後ろ姿を追ったが、瞬く間に五大堂までたどり着いた。

登りに耐えた旅人へのご褒美だとでもいうように、断崖に突き出して建てられている五大堂からの取って置きの眺望が二人を待っていた。眼下に深い緑の渓谷があり、川の流れを目で追うと、その先に平野が開け、刈り入れ前の稲田がどこまでも続いていた。遠く蔵王山系、朝日連峰が威容を誇り、この地が大きな盆地にあり、悠久の古より外敵から守られていることを知らせていた。

「皆さん、おはよう。すばらしい景色をありがとう」

静は慎みを忘れて、朝日に輝く出羽の山々に対する親愛の情を言葉にした。

ローレッツにとって、ここから見渡す景色はペーターの別荘近くの丘からの眺望に似ていなくもなかったが、眼下には別荘はなく稲田と茅葺屋根が並んでいた。結局、全く異なった風景であった。

石段を下って戻り、時代を耐え抜いた根本中堂の中に入ると、かび臭い冷たい空気に迎えられた。お堂の入り口付近を除けば、内部は絶景を眺めたあとの目にはほとんど漆黒の闇であった。約千年前に開山した慈覚大師により燈《とも》された蝋燭の火が命脈を保っており、闇の中にわずかに光を発しているが、光はすぐに闇に吸い取られていた。

「この焔は……永遠の祈りの象徴ですね」

静は長い沈黙を破って穏やかに言った。ローレッツはむしろ祈りの儚さを想い、しばしわれを忘れた。

ローレッツはふと蝋燭から静に目を向けた。静の瞳は大きく開き、何か啓示を受けているように小刻みに頷いて、焔からの呼びかけに応えているように見えた。静の瞳だけが輝き、顔全体は闇に沈んでいた。

尋常でない静の気配に恐れを感じたローレッツは、

「静さん。ここから出よう」

と大声で言うと、彼女の肩をつかんで静を無理やり堂外に連れ出した。静は額に汗をかいて荒い呼吸をしており、ヘルメットを持つ手が震えていた。

「私、金縛りに遭っていたみたい。ここには、すごい霊力があるのね」

静は無邪気に言った。今度は共感してやりたい気持ちになりかけたが、ローレッツは静が今直面しているらしい精神的な危機を考えると、どうしても同意できなかった。

自身の身に何が起こっているのか理解しておらず、それでも静はわずかな光に縋りたいという想いにとらわれていたのかもしれないが、ローレッツには不治とされる病の前兆のように思えた。

風がそよとも吹かず、底知れない倦怠感《けんたい》に取り込められた初秋の午後、薄暗い茶室でローレッツは静と向かい合っていた。狭い室内は真っ赤に熾《おこ》ったクヌギの炭が発する熱で室温が上がり、暑ささえ感じられた。正座ができないローレッツは両膝を抱えて座っていた。

静は白い紗《うすぎぬ》の着物に黒い繻子《しゅす》の帯を締め、髷をすっきりと結い襟元が涼しげであった。無言でお点前を続けている静の気品には侵しがたいものがあった。やや斜めから見る静は血の気を感じさせない青白い肌に落ち着いた表情を浮かべ、かすかな笑みが口元を形良く見せていた。

静は大身の元旗本の姫君でもあると、ローレッツは仁一郎から聞かされていた。静の父親は維新後に各地に製糸工場を設けて経営しており、生糸の輸出で成功していた。

わずかに開けられたにじり口から漏れる光が室内を照らしていた。茶釜がシャーという音を立てており、ローレッツの身体から汗がひき始めていた。静が優美に操る茶筅《ちゃせん》の音が耳元まで迫ってきて、自らの呼吸と静の呼吸がいつの間にか同調して溶け合っていた。ローレッツはこの小宇宙を静と二人で共有していることを実感していた。

ローレッツがふと他人の視線を感じて茶室の隅を見ると、薄暗がりに控えている中年の侍女が、手まねで目の前に置かれている和菓子を口に入れるように合図していた。ローレッツはわれに返って、とりどりに彩色された和菓子を慌てて口に入れた。その瞬間、茶室の静寂が破られた。

「私を責めるのはやめて。お願い」

静は金切り声を上げると、両手で耳を覆って前に突っ伏した。

ローレッツと侍女は慌てて静ににじり寄った。静は両手で耳を押さえたまま頭を左右に激しく振っていたが、その弾みで鼈甲《べっこう》の笄《こうがい》が畳の上に転がり落ちた。

「聞こえるでしょ、先生。やめさせて、お願い」

静は天井の一角を指差して震えていた。侍女は後ろから静を抱きかかえ、何とか正気に戻そうと空しく呼びかけた。

「やはり。そうだったか」

ローレッツは静が幻聴に脅えているのだと確信した。侍女と呼吸を合わせて静を抱え起こすと、脅えた静の見開かれた瞳を見た。それはウィーンの州立病院で見慣れたものであった。静の帯を緩め、引き戸を明け放って部屋を明るくすると、静はようやく落ち着きを取り戻した。

「静さん、私だ。ローレッツだ。私が分かるね」

ローレッツは祈るような気持ちで静の反応を待った。


思いのほか長逗留になってしまっていた。筒井館長からは出勤を促す矢のような催促が届いていた。静の病状が気がかりであったが、ローレッツは仕方なく一旦済生館に戻ることにした。

ローレッツが別れの挨拶のために離れ座敷を訪れた時、静は縁側に足を垂らして座っていた。髪はきちんと整えられ、清楚なツーピースを着て、一見、相変わらず深窓の令嬢であった。

だがローレッツが診るところでは、わずかであったがだらしなく衣服が着崩れていて、冷たい緊張が全身を覆っていた。そばに控えている侍女たちは途方に暮れて、何とかしてほしいと目で訴えていた。

「静さん。おはよう」

呼びかけても振り向くことはなかった。静は幻聴の虜になっているかのように、虚空を見つめていた。

「このままでは静さんは廃人になってしまう……捨ててはおけない」

ローレッツの心の中で、ウィーンで苦境に喘いでいるだろうマリアへの想いと重なった。

静を済生館に連れ帰って、自ら治療しようと決意すると、彼は受け入れの準備のためにすぐに済生館に取って返した。静の治療が施せる病室の確保など入院の手配を済ませると、直ちに朝山に静を迎えに行くように命じた。ローレッツは愛知公立医学校で精神病棟の建設にかかわったことがあり、精神科の臨床にも多少の経験があった。

朝山が馬車で静を迎えに堂本家に来ると、離れ座敷の玄関脇に蒼々と茂っていた沙羅の樹が立ち枯れていた。


静の父親が済生館を訪れた。なぜか堂本仁一郎を伴っていた。西洋式三層楼の最上階からは蔵王連峰が見晴るかせ、眼下には山形の西洋式建造物が立ち並んでいた。

「ローレッツ先生、静様のお父上です」

仁一郎が敬意を込めて紹介した。娘の入院を聞き、東京から慌てて駆けつけて来たようであった。

「ローレッツ先生、お初にお目にかかります。私は長瀬啓之と申します。このたびは娘の静が一方ならぬお世話になり、感謝の言葉もありません」

長瀬は慇懃に頭を下げた。娘の行く末を案じているらしく、憔悴した面持ちであったが、維新前は大身の幕臣であった長瀬啓之は、かつて武道の達人であったかと思わせる均整の取れた身体に、仕立ての良い背広を品よく着こなしていた。

「教頭のローレッツです」

ローレッツは長瀬の緊張を解《ほぐ》そうと微笑みかけた。

「ご両親はさぞや驚かれたことでしょう。静さんには数日前から入院してもらっています。侍女の方々が交代で付き添っていますから、特段に案じられることはありません。いつでもお会いになれますよ」

最も気がかりなことを聞けたようで、長瀬は少しばかり緊張を緩めた。それでもまだまだ確かめたいことがいっぱいあるように、胸元が膨らんで見えた。

ローレッツはソファを勧めると、今は貴方のための時間ですから、得心がいくまで、どうぞ何でもお聞きくださいというようにゆったりと座った。テーブルの上には一八六七年に刊行されたグリージンガーの『精神病の病理と治療』のドイツ語版がさりげなく置かれていた。

「娘は子供の頃から、兄妹のなかでも抜きんでて利発で活発でした。私ども夫婦もこの子が男子であればと、幾度となく思ったほどでした。東京で懇意にしている医師に聞いた話ですが、静は不治の心の病に侵されているのでしょうか。このまま魂の抜け殻のような一生を送るのでしょうか」

東京から道中で胸に閊《つか》えていたことを、長瀬は一気に吐き出した。

「私もそのことを心配しています。でも仮にあなたが言うところの不治の病でも、まれに治ることがあるのです。私はそれに希望をつないでいます。われわれに少し時間をくださ い」

長瀬はローレッツを拝むように見上げた。その目には一縷《いちる》の望みが込められていた。長瀬は二、三日堂本家に滞在して済生館に通うとのことであった。

静との面会のために朝山が長瀬を伴って出て行くと、仁一郎が教頭室に残った。

「ローレツ先生、長瀬様は全国でいくつもの製糸工場を持っておられ、先頃は海外に生糸を直で輸出する商社の立ち上げにもかかわっておられます。横浜正金銀行は輸出を奨励するために設立されて間がありませんが、ここからも支援を受けておられます。

生糸のなかでも山形置賜《おきたま》地方の生糸は良質で名高く、海外でも評判が良いのです。それで長瀬様は自然と山形に来る機会が多くなり、父仁左衛門とも親しい間柄になったのです。長瀬様は今先生がご覧になったようなお人柄ですので、いわば二人は意気投合してしまったのでしょう」

仁一郎は続けた。

「父から聞いたことですが、長瀬様が製糸工場を始められた頃、彰義隊の生き残りがお屋敷に押しかけたことがあったそうです。元幕臣の身でありながら、薩長の傀儡《かいらい》である新政府にへつらうとは何事かと、若者たちは白刃をかざして長瀬様に迫ったそうです。ところが長瀬様は、実は撃剣の達人ですが、少しも臆することなく、今は仲間割れする時ではなく、むしろ共に殖産に励むべきだと諭されたようです」

仁一郎の瞳が憧れを含んだ光で輝いていた。

「それで結末はどうなったのですか」

「私も詳しいことは分かりませんが、その時の若者たちのうち数人が、今の長瀬様の会社を支えていると伺っています」

静が堂本家に逗留していた事情が、ローレッツにはようやく理解できた。

「長瀬氏は生糸の輸出によって外貨を獲得するという国策に沿った、新しい産業の担い手ということだね、仁一郎さん」

「今後の堂本家にとって、いや山形のわれわれ若い世代にとって、長瀬様は未来の希望とも言える存在なのです」

熱っぽく語る仁一郎の頬には紅がさしていた。ローレッツは仁一郎の前途が開けるようにと祈るような気持ちで想った。彼らのためにも静を回復させたい。


ローレッツは日に何度も静の病室を訪れ、わずかに現実につなぎとめていた舫《もや》い綱を引き寄せようとした。

「静さん、今聞こえているのは単なる空耳だ。誰もあなたのことを責めてはいない」

ローレッツは渾身の思いで、閉ざされようとしている静の心に分け入ろうとした。治療の成否を考えるゆとりもなく、大切な人を救いたい一心であった。ローレッツは病室に付き添

っている年かさの侍女に聞きとがめられないように、

「私は再び大切な人を失うわけにはいかないのだ」

と小声で言った。

「でも、私には聞こえるのです」

静は入院以来初めて脅えた目をローレッツに向けた。か細いが、二人に意味のある意思のつながりが叶った。

「静さん、その声を無視しなさい。いいですか、私の言うことに耳を傾けなさい。私が誰か分かりますね。ではここはどこですか？」

ローレッツは寝食を忘れて静に語りかけ続けた。その甲斐あって寛解の兆候が現れ、日によっては意思の疎通をとることができるようになった。


数週すると幸運にも静の幻聴はほとんど影をひそめたが、ローレッツはこれが一時的なものであることを恐れていた。

ちょうどその折に、長瀬啓之が再度東京から済生館を訪れてきた。前回は最愛の娘が不治の病に取り憑《つ》かれていることで、心ならずも動顛していると自ら言っていたが、今回朝山に案内されて教頭室に現れると、長瀬にその生来の快活で精力的な雰囲気が如実に体現されていた。

彼は何事も柔軟に受け入れ、困難をものともせず突き進んでいくに違いない。ローレッツにそう思わせるものが長瀬にはあった。

ローレッツには記憶がなかったが、ペーターによると、母方の祖父も何事にも動ぜず、積極的に物事に立ち向かう人であったらしい。ひょっとすると図らずも寡婦となってしまった母アウグステが自分に望んでいた人格は、これだったのかもしれない。そのような想いがローレッツの胸に迫ってきた。ことのほか病弱であった彼がギムナジウムを休んだ日に、暖炉の前で夜遅くまで物思いに沈むアウグステの姿が頭から離れなくなっていた。


長瀬の明るい声でローレッツは現実に引き戻された。

「ローレッツ先生、おかげをもちまして、静は私の話に耳を傾けてくれるようになりました。これは先生がおっしゃっていたような回復の兆しでしょうか」

長瀬は主治医を信頼しきっているようで、微塵《みじん》も不安を感じていないかのように、まるで算術を訊ねるように問いかけた。

「長瀬さん、私もそのように考えています。しかし再び症状がぶり返す恐れがないわけではありません。そこでご相談ですが、今後は東京にある心の病を専門とする病院に任せる方が静さんのためになると、そう考えています」

ローレッツは長瀬の反応を注意深く窺いながら、

「ご了承をいただいた上でのことですが」

と付け加えた。

「親としては、先生にずっと診ていただけるものと思っていました。でも先生がその方が良いと言われるなら、私どもは異存はありません」

ローレッツは静を、設立されて間がない東京府癲狂院《てんきょういん》へ転院させることにした。早速、東京医学校（後に東京大学医学部）のお雇い外国人医師であるベルツに仲介を依頼した。ベルツは高名な内科医であったが、先年東京医学校で本邦初の精神病学講義を行っており、精神病学にも造詣が深かった。

癲狂院に移る日、両親に伴われた静は、なぜか見覚えのある白いパラソルを手にして馬車に乗り、ローレッツを一瞬見つめると済生館を後にした。

ローレッツには静の眼差しが寛解の予兆であるかのように感じられた。静の母親が娘は顔立ちも気性も父啓之に生き写しだと言っていたのを、ローレッツは今思い出した。今回は大切な人を救えたかもしれないという想いが、ローレッツの心に穏やかに膨らんだ。

ローレッツは後ろに人の気配を感じた。振り向くと、仁一郎が去り行く馬車に向かって深々と一礼をしていた。

「仁一郎さん、静さんの見送りに来られていたのですか」

ローレッツは驚きの表情を堂本家の若い主に向けた。

「静様のお父上におかれては、ローレッツ先生の献身的なご治療の甲斐があって、ご息女に回復の兆しが見えたのをことのほかお喜びと伺っています。そのことが大きくかかわっているると思いますが、わが家への資金援助を引き受けてくださったのです。諦めかけていたのですが、これで堂本家は何とか存続できそうです。先生のおかげです、本当に助かりました。私は軛から解き放たれたような気がします」

仁一郎は拝むように礼を言った。

ローレッツは大きく頷くと、力強く仁一郎の肩をつかんだ。

10　救命

栗子山隧道内で落盤事故が頻回に起こっていた。工法の未熟さもあったが、三島県令が工期を気にかけるあまりに、ことさらに工事を督励していたことが一因であった。

トンネル工事の落盤による外傷は見るも無惨で、医師にとっても目を背けたくなるものであった。これまでも重傷者が出た時には、荷馬車で済生館へ運び、最先端の外科知識を身につけていたローレッツの陣頭指揮の下で、済生館の総力を挙げて治療に当たってきた。

また、ローレッツは弟子たちに外科知識や手技を伝えるよい機会であるとして、重傷の怪我人の治療に積極的に協力していた。

だが麻酔手技の発達が不十分であったために、手術は凄惨を極めた。手術で生き延びたとしても、その後の感染症で命を落とす者も多かった。

ところがローレッツは、すでに英国の外科医リスターにより石炭酸を用いた無菌的な処置法が開発されたことを知っており、創傷の手術後に起こる感染症を予防するために応用していた。それらの工夫で何とか救命できる者があったことは、それまで考えられもしなかったことであった。

　一方では、この外傷治療の経験は、来日まで外科の実地経験が必ずしも豊富でなかったローレッツに多大な自信をもたらしたことも事実であった。同時に、これらを目の当たりにした済生館の医員や医学生たちは、ローレッツが持つ医療技術の高さに瞠目《どうもく》し、彼の名声をいやがうえにも高める役割を担った。


　ローレッツが県庁からの至急報を受け取り、直ちに朝山ら三人の館医に伝えた。

「詳しくは分からんが、また栗子山の工事現場で大きな事故があったらしい。今回はトンネルの一部が塞がるほどの崩落らしい」

　済生館の医局に衝撃が走った。丸山は怒りを抑えきれずに拳を机に打ちつけていた。

「県令はまだ懲りないのか。三島、いいかげんにしろ、まったく……」

　佐々木も同じ気持ちらしく唸《うな》り声を上げていた。

「丸山君、佐々木、落ち着け。君らの気持ちは分かるが、今は運ばれてくる負傷者のことだけを考えよう。この際、県令は関係ない」

　ローレッツは努めて冷静に言った。

第一報の後を追うように、緊急電信が県庁を介してローレッツに届いた。

「大変なことになったぞ。多数の重傷者が羽州街道を北上して運ばれてきているが、済生館まで搬送していては、ほとんどの負傷者が落命するのではないかと言ってきている」

この頃になると、医学生や事務官が医局に集まって、それぞれに私語を交わしており騒然となっていた。

「聞いてくれ。皆、静かにしろ。私は一人でも多くを救命したい。そこで途中まで出かけて行き、どこかで搬送隊と落ち合って、そこで治療することに決めた。諸君、すぐに取りかかってくれたまえ。残された時間はわずかだ」

ローレッツは各人の役割を指示し始めた。朝山は急いで白衣をつかむと、済生館での受け入れ態勢を整えるために医局を飛び出して行った。それぞれ役割を与えられた者から医局を慌ただしく出て持ち場に向かった。

取るものも取りあえず最小限の器材を馬車に積み込むと、四人の医師、ローレッツおよび朝山、丸山と佐々木は羽州街道を馬車で南下した。三島により馬車の通行が可能になるように整備された街道を、鉢巻きに褌《ふんどし》姿の御者が修羅のような形相をして、転覆すれすれの速度で馬車を疾走させた。ローレッツら医師団は、振り落とされないように必死に馬車につかまり、舌を噛まないために無言で前方を睨《にら》んでいた。

ローレッツはこれまでになかったほどの重傷者を想定していた。先ほどから四肢の筋肉が小刻みに痙攣しているのは、馬車にしがみついているからだけではなさそうであった。かつてないほど重度の外傷、しかも多数の患者を治療して、自分は期待通りに成果を挙げられるだろうか。ひょっとすると一人も救命できないのではないか。その時、自分はどうなるのだろうか。ローレッツは大きな不安に襲われていた。

ローレッツは同乗している弟子たちの様子を窺った。朝山は吐き気と闘うように前方を睨みつけ、臨床経験の浅い丸山と佐々木は緊張のあまりに蒼白になり俯いていた。皆も不安なのだろう。頼れるのはこのローレッツしかいないのだ。

ローレッツは彼らを指揮して、力の限りこの場で踏ん張るしかないと覚悟を決めた。

その間にも済生館の医師たちを乗せた馬車は、車輪が軋む音を響かせ、砂埃を巻き上げながら羽州街道を驀進《ばくしん》して行った。街道を往来する人々は、何事が起こったかと驚きの表情を露わにし、土煙を上げて疾走する馬車を目で追った。

四人の医師の顔は砂埃と汗にまみれ、ローレッツのスーツは型崩れして二度と着られそうになく、朝山らの白衣は黄土色に変色していた。ローレッツの胃の腑がひっくり返って鈍い痛みを感じだした頃、腰がふらつき始めた馬車は高畠の辺りでようやく搬送隊の先鋒と出くわした。

一行は雑木林に囲まれた手頃な空き地を見つけて、そこに天幕を張り巡らせ、急ごしらえの治療所を設置した。間もなくして重傷者を乗せた荷車が次々に到着しだすと、怪我人の呻き声が空気を震わせ、辺りに血の臭いが充満した。


血にまみれた怪我人の一団を目にして、ローレッツは一瞬怯んだが、あの作並街道での惨事の再現だけはどうしても避けたいという、抗えないほどの情動に突き動かされて、いち早く現場の指揮を執り始めた。

「聞いてくれ。すべての怪我人を助けるのは無理だ。だから助けられる見込みのある者と、そうでない者を分けよう」

ローレッツは顔面を蒼白にして、六人までがここでの治療の限界だと付け加えた。怪我人を搬送してきた人夫らはその意味を察したらしく、悲鳴に近い抗議の声を上げた。

「仕方がないのだ。一人でも多くの命を助けるためだ」

朝山らはローレッツの冷酷ともいえる合理性に一瞬たじろいでいたが、その充血した目に浮かんだ苦渋に気づくと、一刻も猶予がならないと意を決したようだ。

ローレッツは五台の荷車にそれぞれ三人ずつ乗せられた負傷者から、意識があり比較的脈拍がしっかりしている者を八人選び出した。その中からより軽傷の二人を選び、急ぎ荷車で済生館に向かわせた。ローレッツは医師として初めて経験する過酷な作業に耐えて、残りの六人の患者を人夫たちに命じて天幕の中へ運び込ませた。

さらに人夫頭に命じて木陰にシーツを敷かせると、救命の見込みがないとした七人の負傷者をそこに横臥《おうが》させておくように指示をした。三人の館医が状況の苛酷さに自失しているのを見とがめると、

「朝山、丸山、佐々木、何をぐずぐずしている。早く治療所に入って治療を始めないか」

という苛立った怒声を飛ばした。ローレッツは館医たちを天幕内に走らせると、まだ息のある負傷者の傷口を晒《さらし》の布でしっかりと締めるようにと、分別のありそうな年長の人夫に指図した。

天幕で囲んだ急ごしらえの治療所にローレッツが遅れて入ってきた。すでに十数名の医学

生と事務官、雑役夫が立ち働いていた。丸山が木箱を積み重ねた手術台に左脚が挫滅《ざめつ》した人夫を横たわらせてローレッツを待っていた。出血が激しく一刻の猶予もならない。ローレッツは創部を一瞥《いちべつ》すると、救命のため躊躇《ちゅうちょ》なく左脚を股関節から切断することを決断した。ローレッツはクロロホルムを使って麻酔を始めたが、深く麻酔をかけすぎると重度の外傷では死亡することが多かったので、いきおい浅く麻酔をかけているために治療所は修羅場と化した。

医学生三人が力まかせに手足を押さえつけていたが、それでも患者の体動が激しかった。動脈性の出血を浴びて顔面に鮮血を滴らせたローレッツは、殺気立った目を医学生たちに向けて、「もっとしっかり、押さえつけろ」と怒声を浴びせた。

丸山は意外に冷静さを保っており、教頭が手術しやすいように甲斐甲斐しく介助していた。患者には舌を噛み切らないように木製の棒をくわえさせていたが、幾度も断末魔のような呻き声を上げた。安穏な生活を送ってきた者にとって、初めて聞く絶叫であった。患者の手足を押さえている医学生の一人が、急に体を後ろ向きに捻《ひね》って、あっという間に地面に向かって勢いよく嘔吐した。

隣の手術台では、といっても仮拵えの粗末なものであったが、すでに術衣を血で染めている朝山と佐々木が、大柄の若い人夫の頭部にある大きな裂傷を縫合しようと、先ほどから難渋していた。

「喜助は一体どこで何をしているのだ。ぐずぐずしていると、手遅れになるぞ」

人夫の頭部からは大量に出血しており、若い佐々木は耐えきれずに大声で怒鳴りだした。

そこへ喜助という年配の雑役夫が汗まみれになりながら、天秤棒で桶いっぱいの井戸水を運んできた。

「遅かったじゃないか」

佐々木は苛立ちを雑役夫にぶつけたが、喜助は桶を下ろすと一言も発せずに、その場にへたり込んで息を切らせていた。

「さあ、佐々木君。縫合を始めよう」

朝山はガーゼで懸命に出血を押さえている佐々木の手を押しのけると、素早く傷口の洗浄を始めた。

緊張が度を越していた一人の医学生が、縫合器を消毒するために浸けていた石炭酸溶液を、洗面器から誤って撒き散らしてしまった。その刺激臭が辺りに立ち込めて、医師たちも堪らず咳き込む始末であった。誰もが猛烈に鼻水が流れ出したので、鼻水が傷口に滴らないように医学生に命じて自らの鼻と口を布で覆わせた。それでもその医学生が身体を動かすたびに、着物に染み込んだ石炭酸の刺激臭で周りの者の顔をしかめさせた。

時折、ローレッツは朝山に声をかけて、目で大丈夫かと合図を送った。朝山は深く頷くとローレッツは再び治療に専念した。手術に全意識を集中し始めると、不思議なことにローレッツは治療所全体の人の動きが手に取るように感じられ、朝山らの呼吸すらすぐ近くに感じていた。この場にいるすべての人たちとの間に、それまで経験したことがない親密な連帯を感じ、一種の恍惚《こうこつ》感に包まれていった。

ローレッツは挫滅した下肢をその持ち主から切り離すと、素早く皮膚の縫合を終えた。患者は左脚を失ったが、その代わりに命を拾った。ローレッツは丸山の賞賛を込めた眼差しを感じていたが、難手術をやりおおせたことを自ら受け入れるのにしばらく時間がかかった。

ローレッツの祈るような眼差しが注がれるなかで、顔面を蒼白にした患者が麻酔から覚醒して咳き込んだ。このような大手術を見たことがなかった医学生たちは、信じられないという思いで拍手をした。ローレッツは、間違いない、自分がやったのだと自らに言い聞かせるかのように頷き、ずっと心の中で描き続けていた情景がここにあるとでもいうように、確信に満ちた微笑を浮かべた。

大手術をしながら、周囲に目配りを欠かさず、治療活動の全体をしっかりと束ねて、あたかもオーケストラの指揮者のように振る舞い、しかも患者を救命できたことに、ローレツは近来にない満足を覚えていた。師のビルロートが大手術の際に覚えただろう、ある種の全能感はこのようなものであったかもしれないと想い、一瞬であったにしても師に近づけたような気がした。

ローレツは大きく伸びをして気を取り直すと、次の手術に取りかかるように丸山に指示を出したが、誰の耳にも心なしか彼の声に潤いと張りが加わったように聞こえた。まるで精神的な充実が、声帯の成熟を促したかのようであった。

医学生たちは手術の進行に合わせて、あたふたと器材を手術台の横に並べ、手術が停滞しないよう汗まみれになっていた。一刻を争う事態で、しかも慣れない作業で戸惑う彼らにローレツの叱咤《しった》が絶え間なく飛んでいたが、ぼんやりと佇む者はなく、むしろ健気に立ち働いていた。

この頃、事故を聞きつけた幾組もの家族が負傷者の安否を確かめようと、急ごしらえの治療所に駆けつけてきた。彼女らが夫や息子の死亡を知るたびに上げる叫び声が、天幕を通して届いてきた。

「亭主を殺したのは、あの鬼県令だ」

「三島、息子を返せ」

この場に居合わせたすべての者が、かけがえのない人命を一瞬の事故で失ったことの重大さに、心を押し潰されそうになっていた。

午後に入って一層陽射しが強まり、天幕の上に日除けのために張り巡らせてあったシーツを通り抜けて、容赦なく熱射が襲いかかっていた。多くの者は衣服を脱ぎ、下帯一つになって暑さを凌《しの》いだ。緊張と疲労のせいか、二、三人の医学生が地面に横たわっていたが、彼らを顧みる余裕のある者はいなかった。

治療所内は一様に倦怠感に襲われ、誰もが疲労のために体が鉛のように重くなっていた。些細なことで怒鳴り声を上げる者が増え始め、険悪な雰囲気が漂い始めた頃、突如治療所の入り口付近がざわめいた。

ローレッツが誰かが喧嘩《けんか》でも始めたのかと入り口の方を見ると、三島県令がずかずかと入ってきた。馬を駆ってやって来たらしく、仕立てのよい洋服が埃まみれであった。

「諸君、ご苦労。腹がへっては戦ができん。昼飯の差し入れじゃ、わはは」

県令は大声で呼ばわった。三島は喉が渇いているらしく、声がわずかにしわがれていた。

四人の医師は一斉に厳しい視線を向けたが、三島は意に介さず近づいてきた。

三島は、ローレッツのそばまで来て手術台を覗き込みながら、悪びれることなく、

「ローレッツどん。世話をかけるな」

と笑いかけた。ローレッツは黙って会釈をしたが、すぐに手術を続けた。興味深そうに手術を覗き込んでいるので、ローレッツは三島に、

「気分が悪くならないですか」

という意味のことを言った。通訳はされなかったが、勘の良い三島はその意味を解したらしく、

「示現《じげん》流でやられたら、こんなもんじゃなか」

と悠然としていた。

確かにいくつもの戦場を生き延びてきて、さらに鹿児島時代に最愛の弟が喧嘩騒動の責

任を取って、目の前で割腹して果てるのを見てきた、三島ならではの異様な落ち着きぶりであった。

この手術台に横たえられた人夫が負った創傷の遠因が、自身にあるとは露ほども自覚しておらず、まるで見世物でも見るかのように手術を覗き込む三島に、ローレッツは強い憤りの視線を向けた。その瞬間、ローレッツのメスを握る手に思わず力が入った。

「ここは暑くてたまらん。後を頼んだぞ、ローレッツどん」

そうと言い残すと、三島は、

「わが輩は実に多忙なのだ」

と、うそぶきながら、そそくさと引き揚げていった。

作業が一段落した者から、差し入れの握り飯と梅干しを頬張った。皆、手を洗ってはいたが、血が爪の先にこびりついているのも構わずに、空腹を満たすために握り飯を勢いよく呑み込んだ。握り飯の塩味が疲れた体を蘇《よみがえ》らせたようで、急ごしらえの治療所内に活気が戻っていた。

三島らしい心遣いで、間もなく一斗樽が運び込まれた。ローレッツら医師はさすがに酒を飲まなかったが、厳格なローレッツさえ、疲労回復に役立つだろうから少量なら構わないと許可した。この状態で治療を続けるのは無理かもしれないと、皆が思い出した矢先の差し入れであった。日頃酒を飲むと元気になる佐々木に、ローレッツは冗談であったが少し酒をひっかけるようにと勧めさえした。

ローレッツは正面に立つ丸山に赤鬼のような顔を向けた。

「何としても、どんな奇手を使っても、治療の対象としたすべての負傷者を救命したい」

ローレッツは決然と手術に向かい合った。

夕刻が近づいた頃、ローレッツら医師団は負傷者六名の手術をすべて終了した。手術を終えると、負傷者は済生館に逐次移送されていったが、四名を救命でき二名を手術中に亡くしていた。シーツを剥がした手術台の木箱が血液で濡れそぼっていた。まさに阿鼻叫喚の修羅場であった。

「諸君。よくやってくれた」

ローレッツが治療終了を告げると、多くの者はその場にへなへなと座り込んで、しばらくの間動かなかった。

ローレッツは息をつく間もなく治療所の外に飛び出した。生存している負傷者がまだいるなら中に運び込もうとしたのだが、そこには誰もいなかった。この時までに全員が死亡しており、彼らの遺体はすでに工事現場に送り返されていた。

事務官と雑役夫が急ごしらえの治療所を片付け始めると、ローレッツと三人の館医は長く延びた木陰にどっかりと座り込み、お互いの奮闘を無言で労い合った。ともに全力を出し切ったという充実感こそあったが、あと一歩というところで息絶えた負傷者のことを思うと、率直には喜べないというのが四人の共通した感慨であった。

ローレッツは草叢に足を投げ出し、精も根も尽き果てた身体をやっとのことで支えながら、止めどもない想いにふけっていた。これまで何らかの障害に阻まれて、幾度途中で投げ出さずにおれなかったことだろうか。そのことでどれだけ自身を責め、叱咤したことだろうか。今日のことで少しは自分のことを認められるだろうか、この成果を受け入れることができるだろうかと。

しかし、ローレッツにとって、日本に来て初めて、いや生涯で初めて一仕事を完遂したという実感が湧いてきたことも、まぎれもなく事実であった。

陽が翳りだし急に気温が下がったので、汗でぐっしょりと濡れたシャツ一枚の姿ではさすがに寒気を覚え、ローレッツはブルッと身震いをした。

「先生。大丈夫ですか」

心配そうな佐々木の声で現実に引き戻され、ローレッツは親愛の情に溢れた笑顔を向けた。佐々木もすぐに取って置きの笑顔で応えた。


夕闇が迫り始めた頃、治療所はすでに取り払われ、医学生や事務官たちは済生館に向かって出発しようとしていた。

「そろそろ病院に戻ろう。早く患者たちの術後の経過を知りたい。今夜は徹夜になるぞ」

ローレッツは済生館に移送した負傷者の容体が気になりだしていた。これ以上は一人も失ってはならない。

四人はそれぞれ型崩れしたスーツと黄ばんだ白衣を着て馬車に乗り込むと、街道の風景を眺めながら、朝来た道を引き返し始めた。英国の旅行家イザベラ・バードが、この辺り、置賜地方を旅し、東洋のアルカディアと賞賛していたが、夕日に映える羽州街道からの景色は見る者に安らぎと癒しを与えていた。

ローレッツは朝山らに、教師や研究者に関するいつもの持論を展開し始めた。

「なぜ、学生がある一人の教師に惹きつけられるのか？　恐らく、学生には説明がつかないし、不可解なことだろう。しかし、学生たちは無意識のうちに、教師の考え方や行動を真似るものだ。少なくとも、彼らが自分独自のものを築くまではね」

ローレッツはいつもより意気込んでおり、達成感が高揚の燃料になっていた。

「偉大な研究者や医師は、いつも何らかの夢を持ち、想像力に富み、常に飛躍しようという熱望を持っているものだよ。そのため、彼らが自分の科学について話し始めると、学生は奮い立たされるような気持ちを抱くものだ」

教育に関するローレッツの考えはウィーン大学時代に培われていたが、音楽を愛し、芸術家気質を併せ持っていた恩師、ビルロートの影響を強く受けていた。

「彼らは、芸術家のような性格を併せ持っている。彼らは、若者には抵抗し難いような魅力、そう、ある種のカリスマ的な魅力を持っているのだ」

ローレッツは朝山に目で同意を求めた。

「私にも分かります」

朝山が大仰に頷いた。朝山はいつの日かドイツ留学を果たして、それらの教師に出会うことを生涯の目標にしていた。ローレッツは目の前に師父がいるかのように語り、いつになく説得力を増していた。高揚感で火照った身体にひんやりとした夜風が心地よかった。

「輝かしい歴史をもつ医科大学を見たまえ。たとえばウィーン、プラハ、ゲッチンゲン、ベルリン、チュービンゲン、ライプツィヒ大学だ。それらをそうあらしめたものは、何か分かるかね。それが本当に魅力あるものとして、われわれを惹きつけるのはなぜだ？」

ローレッツはそれぞれに一時代を築いた医学者を思い浮かべ、済生館における自らの役割を重ね合わせながら、済生館医学寮の教員たちに問いかけた。その目は熱っぽく潤んでいた。

「それは形式的な教育者ではないぞ。それは、そう、絶大な力量をもって、他の者を鼓舞する卓越した研究者なのだ。そんな力量ある人々がいなくなると、一体、どうなるか。それに頼っていたものは、みなすぐに色あせてしまう。道理だと思わないか？」

そこで一呼吸を置くと、ローレッツは背筋を伸ばして言った。

「だから、教育が大事なのだ。次の時代の良き教師を育てるために」

理解してくれたか否かを見極めようとするかのように、ローレッツは慈愛を込めた目で三人の館医の顔を見つめた。

馬車は月明かりの街道をゆっくりと走りながら村々を通過した。

ローレッツは手入れの行き届いた田畑とその奥に広がる優美な里山の景色に感動していた。見る人に恐れを抱かせる中欧の深く黒い森に比べると、何ともやさしい里山の景色であった。家々の灯りも温かく、行き交う人々も、貧しくはあったが清潔な身なりをしていた。

「母親の胎内に抱かれているような気分になる。このような優しい景色を初めて見た」

ローレッツは感動を込めて言った。

佐々木が、「まほろば」という言葉があり、それは「母親の胎内」という意味で、この辺りの土地もそのように呼ばれていると説明した。

そうだろうと言うようにローレッツは大きく頷いた。達成感を抱く者にとって、見知らぬ景色も自らを歓迎するように思えた。

この日、済生館に搬送された人夫たちは、後遺症が残ったものの、皆命を長らえることができた。

11　貫通

十月も中旬になると、寒気が厳しくなっており、栗子山山頂には雪が積もり、谷から吹き上がる寒風に乗って雪が舞っていた。

三島県令はトンネル貫通の瞬間に立ち会うために、数日前より工事現場に泊まり込み、最終段階を迎えた掘削の陣頭指揮に当たっていた。ローレッツは、県令が事故に巻き込まれるという万が一の事態に備えて、朝山とともに終日待機していた。

三島は毎朝目が覚めると、まず朝日に輝く栗子山を望みながら、無事に隧道が貫通するように手を合わせて一心に神仏に祈っていた。なりふり構わず完工を目指している三島は、寒さを凌ぐために手拭いで頬被りをし、分厚いどてらを着込み、地下足袋姿で十分間ほど祈り続けた。寒さで早く目覚めるローレッツは、三島の朝の儀式に付き合っていたが、彼の目には県令が早朝に異様な行動をしているとしか映らなかった。

朝の祈りを終えると、寒さに耐えられないとばかりに、三島は荒削りの丸太を組み合わせた工事事務所に逃げ込むように入った。ローレッツと朝山も後に従った。

そこに県の土木課長、高木秀明ら工事関係者が待ち構えていた。火鉢の前にどっかりと腰を下ろすと、三島は熱い茶を啜《すす》りながら、前日の工事の進捗状況について説明を受けた。三島の関心事は、いつ貫通するかということよりも、米沢側と福島側からともに掘り進んでいるが、それぞれの坑道が貫通地点で測量どおりにぴたりと交わるかどうかであった。

「何とも、不安じゃのう」

ローレッツや事務官らのいる前で、三島は憚ることなく内心の恐れを吐露していた。

朝山が狸小路で聞き込んできた、現今の三島を取り巻く状況をローレッツの耳元で囁いた。この時期、三島を毛嫌いしている長州閥の伊藤博文が政府の中枢にあった。三島は遡る明治五年に教部省の大丞を拝命していたが、その宗教行政があまりにも保守的であったため、開明的な木戸孝允《たかよし》や伊藤博文などと鋭く対立した経緯があったそうだ。

己の置かれた立場を熟知している三島は、首都東京への要路を開くという中央政府の強い意向に沿うべく、この難工事を四年足らずの短期間で済ませ、折しも翌年に迫った明治天皇の東北行幸に間に合わせようとしていた。民意に反し巨額の工費を注ぎ込み、多くの犠牲を払って隧道の完成に政治生命を懸けていた三島にとって、工事の失敗は許されなかった。三島県令も所詮は一官吏に過ぎなかった。

「うまく坑道が出合わなかったら、これもんじゃ」

と、三島は股火鉢を使いながら腹を切るまねをした。妻にさえ見せたことのない陰鬱な顔がそこにあった。

一方では三島は、人夫たちに心底の不安を気取られないように豪快な面も見せていた。

「たまには鶏鍋でも食おう」と高木らに呼びかけ、麓の村から鶏肉、酒類を大量に運びこませ、夜を日についで懸命に岩を穿《うが》っているすべての人夫に振る舞った。若い頃から三島には度外れた歓待を行う性癖があった。

「また鶏鍋ですって」

朝山がローレツに笑いかけた。

ある日、トンネルが貫通したという報が工事事務所に入って一同勇み立ったが、すぐに誤報と分かり、かえって意気消沈してしまった。三島は激怒し、高木らに当たり散らしたが、しばらくすると何事もなかったように、周りの技師たちに向かって一日も早い貫通を督励した。

このトンネル工事は着工の当初から難航が続き、隧道の貫通予定まで残された時間はわずかであった。

「ローレッツどん、この栗子山隧道は全長四八二間（八六八メートル）という、わが国では最大級のトンネルでごわす。ここで使っておるのはまさに最先端の工法だ。何と言っても世界でまだ三台しかない、米国インガーソル社製のスチーム式掘削機を使用しておるのだからな。お主も聞いたことがあるやもしれぬが、数年前に彼のナポレオン三世が開削した、仏伊国境にあるモン・スニ峠のトンネル工事で使われたものと同じじゃ」

三島は自身の先見性を誇示するように、椅子から立ち上がり仁王立ちになった。

「俺はこの最新鋭の掘削機を使用すれば、栗子山隧道を短期間で完成させることも可能だと決断したのだ。そこでオランダからエッセル技師を招き、米沢と福島両側から掘り始め、今はただ目前に迫った貫通を待っているわけだ」

ローレッツは犠牲の大きさなどは歯牙にもかけない三島の尊大さに辟易《へきえき》し始めていた。朝山に正確に通訳するように念を押すと、ローレッツも立ち上がった。

「掘削機は栗子山で使っているので、仙台に通じる関山新道では、代わりに大量の爆薬を使用したというわけですか。そのために大勢の人があの爆発事故で命を落とした」

ローレッツは作並街道での凄惨な爆破事故を思い出し、多くの犠牲をも一顧だにしない三島に黙っていられなくなっていた。ローレッツが言い終わると、その瞬いた碧眼から涙が滴り落ちた。

三島はとっさにローレッツの胸倉を取り、強い力で引きつけると、その目を凝視したが、すぐに無言で背を向け、その場を大股で立ち去った。ローレッツは意外にも三島の瞳に懊悩《おうのう》を読み取ったが、なぜなのかは分からなかった。

夜半、ローレッツは高木に揺り起こされた。高木は満面の笑みを浮かべていた。

「トンネルが貫通しました。今しがた県令に報告してきたところです。『また誤報じゃなかろうな、今度間違ったら、ただじゃおかんぞ』と言われましたよ」

「それでどう答えたのですか」

「間違いありませんと言いました。私はこの目で確かめてきたのですから」

ついに栗子山隧道は貫通した。

三島は自分の夢が叶ったことを知らされ、跳ね起きたらしい。

「県令はどてら姿のままではまずかろうと、今洋服に着替えておられます。ローレッツ先生にも坑道にご足労願いたいとのことです」
そばに立っていた朝山は坑道に向かって走り出した。

ローレッツが坑内の貫通点に駆けつけると、県職員と人夫たちは興奮の渦の中にいた。

「ついに栗子山の土手っ腹に、風穴を開けてやったわ」

「県令、よく見ろ。儂《わし》らがトンネルを掘り抜いてやったぞ」

粗末な衣服の人夫たちは、福島側、米沢側ともに入り乱れて口々に叫んでいた。どれほどの犠牲を払っただろうか。うずくまって号泣する者。灯明を掲げて祈る者。お神酒をトンネルの岩肌にかける者。工事現場は死者への弔いの感情で満ちていた。

ローレッツは坑内の事故で治療の甲斐なく命を落とした人夫たちの魂が、坑道に漂っているような錯覚を覚えていた。吹き込んでくる風の音に交じって、彼らの悲痛な叫びが聞こえるようであった。ローレッツは命を落とした人夫らの無念を想い、深く長く黙祷《もくとう》した。

確かに隧道の行く手から風が吹き込んでいた。三島が高木にランプを掲げさせて、手探りで貫通点の坑道のずれを確かめようとしていた。

「県令閣下、ずれはわずかです。見事に貫通しています」

高木は涙声を出していた。

「うん。これならよかろう。皆、ご苦労だった」

三島は身体の力が抜けて倒れそうになり、思わず坑道の剝き出しの壁面に手をついた。壁面がよほど冷たかったらしく、三島は慌てて手を離すと、剝き出しの岩にゆっくりと息を吹きかけた。

「県令はまるで失った何かを、労《いた》わっているようだ」

ローレッツは傍らの朝山に思わず感想を漏らした。

坑道内では万歳三唱があちこちで際限なく湧き起こっていたが、三島は福島側から吹き込んでくる風を全身で受けとめながら、身じろぎもせず深い想いに浸っているようであった。


工事事務所に戻ると、三島はトンネル貫通の喜びを、

抜けたりと　よぶ一声に　夢さめて　通うもうれし　穴の初風

と詠んだ。そこには三島の率直な気持ちが表れていたが、さらに信心深い彼は、

突貫し　錐と錐との　ゆき逢うは　むすびの神の　恵みなるらむ

と神の加護に感謝した。

一方で三島はその測量の正確さに舌を巻き、西洋の土木技術の精密さを痛感させられていた。

「高木、早速、オランダのエッセルに電報を打ってくれ。『無事にトンネルが貫通した、貴君の尽力に深謝する』と」

栗子山隧道が完成すると、三島は洋画の巨匠、高橋由一に「栗子山隧道図」を描かせた。この絵はトンネルの内側から出口を見通した特徴のある構図をとっており、そこには山高帽に洋服を着用した、三島と思しき傘をぶら下げた人物の後ろ姿が出口に小さく描かれていた。まるで三島自身が長いトンネルを抜け出ようとしているかのようであった。

三島は山形における土木事業の多くを高橋に描かせ、それらを画集『三島道路完成記念帖』としてまとめ、明治天皇に献納していた。さらにかなりの部数を中央政府の高官に配布したりもした。

12　半夏《はんげ》の一輪

仁左衛門は食事を摂れなくなり再び入院した。今回は覚悟の入院であった。

仁左衛門は窓に向かって横臥して、月山を見るともなく眺めていた。山頂は再びうっすらと雪を被っており、仁左衛門が病と闘ってきた時の経過を知らせていた。

「堂本さん、少し落ち着きましたか？　お腹《なか》の痛みは？」

ローレッツは仁左衛門の突き出た腹部に軽く手を当てながら言った。

「少しありますが、大した痛みは……」

ローレッツは頷いてはみたものの、通訳をしている朝山に陰鬱な目を向けた。

「そろそろ、私も年貢の納め時ですかな」

偶然、ふと出た「年貢」という言葉であったが、仁左衛門はそのことに驚いたようであった。県から賦課されている民税のことが頭から離れないらしい。今までの人生においてずっしりと両肩にのしかかってきたこの言葉を、仁左衛門はもう一度思いを込めて吐き出した。

「なるほど、年貢は見事に納めてみせる」

吐息をつくと、仁左衛門は今まで強張っていた全身の節々がすっと和らぐのを感じとった。

「旦那様。顔がなにか柔和になったみたい」

妙はローレッツの回診を受けて夫が安心したと思ったようで、二人の医師に深々と頭を下げた。


ある夜半、仁左衛門がふと目覚めると、妙はまだ起きて夫の寝顔を見つめていた。

そんな妙に、仁左衛門が呟くように言った。

「今、夢を見ていた。二人で京へ行ったことがあっただろう。ほら、若い頃に。まだ仁一郎が生まれる前だ」

「そうでした。たくさんの紅花の荷と一緒にね。多くの奉公人に見送られて、北前船に乗って。あの頃が一番よかった」

妙は懐かしむように微笑んだ。

その時、ローレッツが官舎に帰る前に仁左衛門の様子をみようと病室に入ってきた。むろん朝山が付き従っていた。ローレッツは二人が睦まじく話をしていたので、安心したように椅子にゆっくりと腰掛けた。

「今、旦那様と紅花のなつかしい話をしていたのですよ」

妙はローレッツに感謝を込めて笑顔を向けた。

「紅花は確かに見かけなくなっていますね」

ローレッツは妙に会釈しながら残念そうに言った。

「今は育ててはいないのです」

妙はかつての繁栄をローレッツに語って聞かせた。

羽州村山地方は、紅染の染料である紅花栽培で経済的に潤ってきた。当時、紅花は「紅一匁《もんめ》は金一匁」といわれるくらいに高価なもので、この地方における紅花の生産と京都を中心とする上方への流通は、近世を通じて発展していた。

「ご城下の有力な紅花商人は、京都を中心とした上方へ紅花の卸売りをしていました。それこそ大いに繁盛していたのね」

一方では、城下の商人とは異なり、紅花産地に拠点を持つ在方の商人の中には、紅花の集荷や荷主問屋となって経済力を高めている者もあった。堂本家は代々大地主であるとともに、この在方紅花商人でもあった。天保年間には、堂本家は京都に別家を設けて紅花問屋を営ませるまでになっていた。

「私が嫁いだ頃は、それはそれは立派なものでしたよ」

妙は懐かしむように言った。自慢するでもなく、ごく自然な感慨であったが、

「自分で言う奴があるか」と仁左衛門は苦笑いした。

明治に入ると代替染料の普及により、紅花の需要が激減して、紅花商人としての活動はすでに休眠状態に入っていた。

仁左衛門にとって紅花の最盛期であれば賄えたであろうが、明治以降の産業構造の変化をもろに受け経済力が先細りになっていくなかで、三島県令による土木事業への民税の取り立てに呻吟《しんぎん》する日々が続いてきた。

「紅花の商いが、うまくいってくれていればなあ。だが嘆くまい」

死を覚悟したことで、憚るところのない仁左衛門は吐息を吐くように言った。しかしその言葉とは裏腹に、ローレッツは仁左衛門の瞳に宿った希望の光を見ていた。仁一郎の尽力で資金援助を受けられるかもしれないと聞いていたからだ。

紅花は弱酸性の限られた土壌に生育し、開花期に適度の雨量が必要なことから天候にも

敏感であったために、その栽培は難しく、仁左衛門も若い頃から苦労の連続であった。さらにこのアザミに似た植物から紅を採るのが、また一苦労であった。花摘みは七月頃行うが、紅花は花の芯が赤いが、全体にはどちらかというと黄色が勝っていた。そこで花に水を加えて黄色を洗い流し、赤みを残す作業が行われた。

次に水に浸して筵をかけて腐熟させるのであった。この腐熟した紅花を桶に入れて足で踏み、粘り気が出てくると天日干しを行い、別名〝花餅〟といわれる干紅（干花）を作った。この干紅を紅花商人は商品として出荷していたが、仁左衛門は干紅に対して格別の愛着を持っていた。

「干紅をきちんと仕上げるのは、ほんに大変でした。毎年、旦那様はすっかり痩せるほどに、打ち込まれていましたね」

妙が、さんざんに世話を焼かされた子供のように懐かしんだ。仁左衛門もつられて先ほどの夢の続きを話しだした。

「あの西陣織の着物を着た妙の姿が現れた。鮮やかな紅だった。二人とも若かったなあ。半夏《はんげ》一つ咲きのようだった」

妙の頬にわずかに赤みがさした。夏至から十日ほどを経た七月二日頃、無数の蕾《つぼみ》が固く閉じたなかで、一輪だけ花が開ききることがあった。地元ではこの紅花の不思議な咲き方を〝半夏の一輪〟とか〝半夏一つ咲き〟と呼んでいた。

「親爺殿は、半夏一つ咲きを見つけると、幸せになると言っていた」

疲れたように仁左衛門は静かに目を閉じた。

仁左衛門の瘠せた頬に一筋の涙が流れた。すでにほとんど栽培されなくなった紅花を愛おしむかのような優しい顔であった。

妙は人差し指で夫の涙をそっと拭った。

「不思議なほど、温かい涙……」

仁左衛門は安らかな眠りにおちていた。

ローレッツは妙に目礼すると、そっと病室を出た。

花を摘むのもナ　其文字《そもじ》とならばよ
棘《いらか》刺すのもなんのその
サーサ　ツマシャレ　ツマシャレ

妙のか細い歌声がいつまでも病室に響いていた。

一週間ばかり小康状態が続いたが、その後は除々に尿量が減少してきた。意識も混濁して、妙の問いかけにも仁左衛門は黄疸《おうだん》で黄ばんだ目を力なく向けるだけであった。

「堂本さん」

やさしく呼びかける声で、仁左衛門は軽い眠りから覚めた。ローレッツが椅子に腰掛け、仁左衛門の手を握りながら微笑んでいた。

仁左衛門が何か話しかけようとしていたが、口の中が乾いているせいか舌がもつれて言葉にならないようであった。妙が濡れたガーゼで唇を湿らせたが、仁左衛門が口を開くことはなかった。

仁左衛門は氷雨の降る寒い日に、家族に看取られながら死出の旅に発った。

脈をとったローレッツは、厳粛な面持ちで家族に仁左衛門の死を告げると、仁左衛門に向かって深々と頭を下げた。そこには生涯の知己を失った哀切が込められていた。傍らで朝山が粛然と佇立していた。

「本当に残念です。友人としてご冥福をお祈りします」

ローレッツが悔やみの言葉を日本語で伝えると、妙と仁一郎ははっとして顔を見合わせ、言葉に尽くせない感謝を込めて答礼した。


氷雨に濡れそぼちながら、ローレッツと朝山は馬車に載せられた仁左衛門の遺体を見送った。馬車が見えなくなっても、ローレッツはその場に立ち尽くしていた。

「ローレッツ先生、風邪をひきますよ。早く館内に入りましょう」

朝山は自失している教頭を促したが、耳に入っていないかのようにローレッツは馬車の轍《わだち》を見つめていた。

「朝山君、この雨でなおさら寂しさが募るね。忘れ難い人というものがやはりいるものだ。堂本さんは、私が日本に来た意味を、悟らせてくれた気がしている」

朝山は雨粒が目に滴り落ちるのも構わず、ローレッツの成熟した横顔を凝視していた。その毛髪や顎髭にわずかに白髪が交じっていた。


守衛から手拭いを受け取って雨滴を振り払うと、ローレッツと朝山は済生館に入りホールまで来た。ローレッツはヒポクラテス像と目が合ったが、今日は期するところがありそうであった。

　この地方の人々にとって、天を衝《つ》く済生館医学寮の建物は、まさに西洋医学の殿堂に見えていたはずだ。さらに館内に入って、患者たちはギリシャの医聖といわれたヒポクラテスの肖像画を見上げ、西洋医学に対する畏敬の念を抱いたかもしれない。ところがローレッツは着任以来、その風貌に違和感を持ち続けてきた。

「朝山君、彼は本当に医聖ヒポクラテスだろうか。私にはどうしてもそうとは思えないのだ」

「確かにこの瘠せた西洋人は、まるでおとぎ話に出てくる魔法使い、あるいは洞窟の奥に隠れ住む錬金術師のようですね」

　朝山も正直な感想を述べた。

「君もそう思うかね。よし、確かめてみようじゃないか」

　ローレッツは言うが早いか、ヒポクラテスの肖像画に手をかけた。

「先生、館長に見とがめられると、まずくはないですか」

「なに、構うものか」

　朝山はローレッツが医聖像を引きずり下ろすのを嬉々として手伝った。

像を裏返すと、ローレッツは口汚く独逸語で叫んだ。朝山には聞きとれなかった。

「やはりヒポクラテスではないな。この絵はキリスト教で聖人とされているヒエロニムスの肖像だ。何とも場違いなものを……」

額の裏面には画家の名も書かれており、「山田成章」とあった。日付からして三島県令が描かせたものらしかった。

「朝山君、どう思うかね。なぜ医の倫理を説く医聖ヒポクラテスではなく、戒律を重んじて厳しい顔を向ける禁欲者ヒエロニムスであったのか、私には理解できかねる。この像を拝まされた患者たちは、医学に対する尊敬の気持ちを覚えるよりも、背景にある権威に対する恐れを抱いたのでなければいいのだが……」

「ヒエロニムスは西洋では悪役ですか」

「そうではない。聖ヒエロニムスは峻厳であったが、寛容でもあった。物事を突き詰めたが、広い心ですべてを受け入れた」

ローレッツはしばらく絵を眺めていたが、やがてかすかに微笑んだ。

「朝山君、私にとって事の詮索はどうでもいい。そうだろう、毎朝悩まされたあの目から解放されるのだから。聖ヒエロニムスは自身を深く見つめながらも、世界に心を開こうともしていたのだ。今日からは、そういう彼と向き合えばよいのだから」

そう言い残すと、ローレッツは背筋を伸ばし、確かな足取りで教頭室に向かった。

栗子山隧道が完成し、明治天皇の山形行幸が終わると、三島は福島県令として転出した。ローレッツは診療と教育に専念していたが、急な三島の異動について怪訝な想いを抱いていた。ある日、ローレッツが医局で寛いでいると、朝山が真偽のほどは定かでないにしても事情を解説してくれた。

「近頃、自由民権運動が全国で勢いを増していますよね。なかでも維新後に朝敵とされた会津をはじめ、福島ではこの運動が盛んなのです。この事態を憂慮した政府が、辣腕の県令である三島を登用したということらしいですよ。山形での土木工事の成果を認められたということになっているみたいです。でも県令も成り行き次第では、可哀想に捨て駒にされるかもしれない」

「済生館医学寮がこれからというときに……」

ローレッツは政治的な状況の変化に左右されてしまうことを苦々しく感じているようであったが、やがて諦め顔になった。

13　別離

冷たく澱《よど》んでいた空気が軽く感じられる。四季の移り変わりがはっきりしている山形には春が一気に訪れる。雪を運んできたどんよりとした厚い雲が薄紙を剝ぐように流され、紫外線を多く含んだ陽射しが力強さを増すと、降り積もった雪が砕け、泡状に融けて大地に戻り、いよいよ春の到来である。

済生館医学寮に程近い霞城《かじょう》大手門付近では、今まさに桜が満開であった。日没になると、夜桜見物の人々で城内は連日賑わっていた。

城の堀を満たした澄んだ水面《みなも》に、篝火で照らし出された桜木が漆黒の画布に写し取られたように映えていた。こぼれ散った無数の花びらが、春風で生じたさざなみに揺れ、万華鏡のように離散を繰り返していた。人々はあちらこちらに毛氈を敷き、賑やかに酒宴を開いていた。提灯明かりで照らし出された桜は陰影が深く妖艶ですらあった。

村山地方の酒はあくまで芳醇であり、雪に閉ざされ活動を阻まれていた長い冬から解放された人々の情念が、この時期に酒を媒介として解き放たれるのである。毛氈に踊る人々の影が揺れ、いくつもの歌声が重なりあう。幼い子らは毛氈の間を走り回り、年若い母親がその後を追い、若衆たちはあちこちで酒の飲み比べに興じる。いつに変わらぬ山形の春である。

今宵はローレッツが宴の主賓であり、朝山、丸山、佐々木の館医、多くの医学生、済生館の職員など二十数人に囲まれていた。ここには豪華な緋毛氈もなければ、艶やかな芸者衆もいなかったが、そこには若い人々の活気が漲っていた。

医学生たちは行く春を惜しむように互いに酒を注ぎ合い、気勢を上げて盃を飲み干した。そして来るべき夏に備えて、詩を吟じながら筋力を誇示して踊った。時折、詩吟にドイツ語が交じり、すかさずドイツ語で間《あい》の手が入った。

済生館医学寮では、県の財政難の影響を受けて入学する学生の数は減っていたが、ローレッツの指導のもとで西洋医学の実践を学んだ朝山、丸山および佐々木は、すでにその力量を臨床と教育で十分に発揮していた。

三人の教員はローレッツを取り囲むように座っていた。済生館医学寮での任期が終了し、ローレッツは故国オーストリアに帰国することになっていた。

「まだまだ学び足りません。もう少しでいいから、いてほしい」

朝山が想いを伝えると、丸山と佐々木は大きく相槌を打ってローレッツを見つめた。

ひとひらの桜の花びらが、ローレッツの朱塗りの盃に、はらりと落ちてきた。ローレッツは仁左衛門が入院していた頃を想い出し、わずかに揺れる花びらを見つめた。何事かを呟くと、盃を高々と捧げ、山形での出来事を愛おしむように花びらごと酒を飲み下した。

ローレッツは名残を惜しむ朝山らに語りかけた。

「別れの時はいつか訪れるものだ。私はウィーンに戻り、君たちはここで勤めを果たしてくれたまえ。そうして私とともに学んだことを次の世代に引き継いでくれ。そうすれば私はこの地で生き続けることができる」

ずっと俯きかげんであった佐々木が、いつもは重い口を開いた。

「先生、ウィーンに戻ってからどうされるのですか」

「ウィーンは経済的な苦境から立ち直って、再び豊かな文化が花開いている。医学も然《しか》りだ。今まで培った臨床の経験をそこで生かしたいと考えているところだ。それに日本での滞在も長くなったし、私の母も年老いたからね」

「私には栗子山隧道の落盤事故での治療が忘れられません。あの強烈な経験は一生の支えになってくれそうです。だけどローレッツ先生には、ご帰国後にもっと活躍してほしいですね」

　佐々木はすでに酒で赤くなった顔を綻ばせた。

「作並街道での事故は、本当に心が痛みました。でも私は胃がんの疫学調査に参加できてよかったと思っています。残念な結果に終わりましたが、それでも私にとっては、何かしらの挑戦であったのです。あれがなかったら、町医者で終わるところだったでしょう」

　丸山は、まだはっきりとは形を成さない自分の将来を見つめるように、目を細めていた。

「さあー、諸君。ローレッツ先生から、最後にわれわれにお言葉を頂こう」

　朝山がこの座の一同に声をかけた。済生館医学寮の教員、医学生などその場にいた全員がローレッツを取り囲んで車座になった。

　ローレッツは腕組みをしてしばらく言葉を探しているようだったが、静かに語りだした。

「君たちが頭の隅にでも置いておいてくれるならそれでいい。志に向かって、わが身のことはさておき、だが自分にはできるという確信を持って、何事にも立ち向かっていってほしい。たとえ苛酷な境遇に陥っても、諸君が心を込めて取り組んでいけば、不安や恐れの虜になることはないだろう」

ローレッツは恥じらうように見えたが、語り口は決然としていた。

三人の館医は胸に刻みつけようと大きく頷いた。その時、一陣の風で散り行くすべての桜の花びらが吹き上げられ、ローレッツの頭上に花吹雪が舞った。ローレッツの旅が終わろうとしていた。

ローレッツは日本で経験した症例について、ウィーンの学会に年次報告を送るようにしていたので、彼の活躍ぶりはオーストリアにおいても知られるようになっていた。ローレッツはすでに千点を超える標本を収集しており、ウィーンに輸送する手はずを整えていた。


ローレッツは、横浜港に停泊中の汽船の上甲板に佇んでいた。

埠頭《ふとう》には、見送りに来た朝山が別れ難そうにローレッツを見上げていた。甲板からは無数のテープが投げられ、送られる人と送る人の間で口々に別れの言葉を投げ合っていた。

「朝山君、ドイツに留学したら、ぜひウィーンに立ち寄ってくれたまえ」

ローレッツはあらん限りの声で叫んだ。朝山の顔が緩んで、手を挙げたので聞こえたらしい。朝山も何か叫んだが、出帆が迫ってきて人々の歓声が高まったので、ローレッツには聞き取れなかった。

埠頭に並んだ軍楽隊が「蛍の光」を演奏し始めると、船は大きな汽笛を鳴らして岸壁を離れた。数百本のテープが引きちぎれ、やがて波に漂った。ローレッツは帽子を脱いで胸に当てると、想い出深い日本に別れを告げた。

埠頭に立つ朝山の姿が見えなくなる頃、後部甲板からバイオリンの甘く切ない旋律が聞こえてきた。

「乗客の誰かが弾いているのかな。この曲は、確かスコットランド民謡のアニー・ローリーだ。故郷に残した大切な人を想う気持ちが掻き立てられる……」

ローレッツは俯いてしばらく身じろぎしなかった。ウィーンに戻ったら、マリアを捜し出そう。

すでに春霞が横浜港を覆い尽くしていた。

了

おわりに

明治初期に西洋医学およびその教育制度が導入され、これによりわが国の医療がまたたく間に漢方医学から西洋医学に変容して行ったが、そこには招聘された外国人医師の活躍が大きく与っていた。

なかでも長年にわたって東京医学校（現・東京大学医学部）で教鞭をとったベルツ医師は『ベルツの日記』（岩波文庫）を遺したこともあってよく知られている。

このベルツの来日より二年早い明治七年に、オーストリア人医師、アルブレヒト・フォン・ローレッツはすでに来日を果たしていた。

ローレッツは愛知および金沢の医学校の教員を経て、東北地方で初めて開かれた西洋式医学校である「済生館医学寮」の教頭として、はるばる山形に赴任して来た。

この医学寮は、時の山形県令、三島通庸がその強引とも言える殖産興業政策の一環として、技術の粋を集めて建設したものであるが、その西洋式三層楼は当時人目を奪うほどに威容を誇っていた。それに加えて三島が自身の俸給を大きく上回る待遇で招聘したことで、ローレッツの来形が実現した。

　金沢を辞して、ローレッツが七尾港から北前船で酒田に達したのはちょうど夏の盛りであった。折しもローレッツは母国の地理学会に属するほどの旅行好きであった。当時、酒田から内陸の山形の街に向かうには、陸路と舟運があったが、幼少の時に家族とドナウ川で舟遊びを楽しんだ記憶を大事にしていたローレッツは、東北地方で有数の大河である最上川を舟で遡ることにした。この最上川の遡上では、短い夏を謳歌するような峡谷の雄大な景色、ことに半裸の船頭たちが難所で激流に抗して綱で舟を曳き上げる風情は、ローレッツを捉えて離さなかったに違いない。


　数年前に、たまたまウィーンで開かれた消化器病の国際学会に参加したことがあったが、郊外にある学会会場に向かう列車がドナウ川に架かる鉄橋を通過した時、その中州である通称プラーターが見えた。ここが一八七三年に開催され、華やかに新しい時代の息吹を感じさせたウィーン万博の跡地であった。すでに更地になっていたが、気がつくと、ローレッツが初めて日本の文化に触発されただろう往時に想いを馳せていた。

　十四世紀に創設という古い歴史を誇るウィーン大学には、中庭を囲む広い回廊があるが、そこにはここで教鞭をとった多くの偉人の胸像が並んでいる。医学の領域では、精神分析学のフロイト、ＡＢＯ血液型の発見者であるラントシュタイナーなどの胸像があるが、ローレッツの時代の人では、もちろん彼の恩師である外科医ビルロートがいた。この物語の中でローレッツが教育論や医療に関する持論を展開するが、ビルロートが書き遺したものを読むと、彼らの考えが極めて現代的なのに驚かされる。ローレッツはこの回廊に流れる空気を吸いながら、医師としての素養を培ったのだろう。あるいはこの回廊に自らの胸像が並ぶことを夢見たことがあったかもしれない。

山形市の霞城公園に旧済生館の三層楼が今も静かに佇んでいる。そこで展示されているローレッツや日本人医員および医学生の写真や医療器具は往時を知るよすがとなるが、それらは凝縮された記憶として沈殿し、館内には役割を終えた静まりがあった。

ローレッツが来日した明治初期は、オーストリアそして日本で経済や産業の構造が変化し、時代が大きく変換していた時期であった。ローレッツおよび彼が知遇を得た仁左衛門はそれぞれに足かせとなる軛を抱えながら、境遇の変転に翻弄されていったが、来歴が全く異なる二人にも互いに共感しあうものがあった。

ローレッツは山形で何を感じ、何を学んだのだろうか。開設当初の済生館医学寮の教頭として、ローレッツは特筆すべき様々な医学的業績を残しながら心の旅を続け、辿《たど》りついたところは、懐かしい人々、共に生きた人々への愛だったと思えてならない。

現代の世界はコロナ禍にあり、やがて私たちはポストコロナといわれる未知の時代に生きることとなる。ローレッツと彼とともに生きた人々が、辿らざるをえなかった試練ともいえる困難に、われわれも向き合うことになるかもしれない。この物語で精神的に未熟であった外国人医師が、変転する時代にあって異国で様々の人と出会うことによって、成長していく姿を描いたつもりであるが、現代に通じる何かを感じていただければ幸いである。

最後に、本作品の出版に際して尽力いただいた文芸社の越前利文氏、編集の吉澤茂氏に深謝する。また執筆の過程で何度も原稿を読んで貴重な助言をしてくれた妻陽子に感謝の意を捧げたい。

令和二年十一月吉日

河田　純男